KB241396

HEAL The WORLD

문학동네

HEAL The WORLD

세상을 치유하는 따뜻한 지식

힐 더 월드

국제아동돕기연합 UHIC 지음

문학동네

회의적인 당신에게 보내는 편지

까마득한 우주, 셀 수도 없을 만큼 많은 별들. 그 가운데 태양을 맴도는 작은 행성 하나, 지구에서 우리 인류는 조용히 태어났습니다. 어느 울창하고 한적한 숲 속에서 한 마리의 애벌레가 태어나듯, 우리의 존재도 그렇게 소리 없이 시작되었습니다. 장엄한 역사의 시작이자 우주의 비밀에 다가가기 위한 첫 발걸음이었습니다. 그 흐름을 짐작하기 어려운 기나긴 시간의 어느 한 지점에 우리는 존재합니다. 우리가 머무는 시간은 무한한 우주에선 그저 한순간일 뿐입니다. 그렇게 미미한 존재인 우리가 우주의 이치를 발견하고 이해하려 한다는 것 자체가 경이로울 따름입니다.

우주의 비밀을 조금씩 파헤쳐가면서 인류는 발전에 발전을 거듭하여 지구라는 별을 바꾸어놓았습니다. 하늘을 날고 땅 위를 달리며 물속을 탐험할 수 있게 되었고, 통신선이 닿는 곳이면 언제 어디서나 누구하고든 소통할 수 있게 되었습니다. 버튼 하나만 누르면 전 인류가 사라질 수도 있는 무서운 무기도 만들어냈습니다. 우주탐사선까지 쏘아올린 우리 앞에 이제 불가능한 일은 없어 보입니다.

하지만… 지구는 죽어가고 있습니다.

수많은 아이들이 지구 저편에서 굶주림에 시달리는 것을 뻔히 알
면서도 자신의 안위만을 걱정하는 우리에게 과연 밝은 미래는 있
을까요? 각자 일상에 몰두하여 열심히 살고 있지만 진정으로 의미
있는 삶, 열성과 사랑이 담긴 아름다운 삶을 우리는 상상할 수 있
을까요? 미래 세대에게 우리는 과연 떳떳할 수 있을까요?

마치 전설처럼, 우리의 손으로 이룩한 또다른 아틀란티스가 우리
의 욕심 때문에 무너져가고 있습니다. 자연의 모습과 질서는 예측
할 수 없이 바뀌고 있으며, 온갖 변종 바이러스들이 생겨나고 있습
니다. 서로가 가진 것을 탐내고 시기하면서, 우리는 자신의 욕망을
위해 다른 생명을 희생시키고 있습니다. 아이들은 굶주리고 병들
어 죽어가고 있으며, 전쟁의 포탄에 부모를 잃거나, 심지어 어른들
이 들려준 총을 쥐고 영문도 모른 채 전쟁터에 나가 있습니다. 동
식물들은 인간의 탐욕으로 멸종하고 있습니다. 그리고 지구는 균
형을 잃은 채 끓어오르고 있습니다.

이 이야기를 듣는 당신은 이제 어떤 방법으로도 돌이킬 수 없다고,
회의적인 생각을 가질 수도 있습니다. 하지만 손쓸 수 없어 보이는
이 모든 상황들은 모두 한 곳에서 시작되었습니다. 마음. 나는 나

이고, 너는 너라는 무관심. 조금이라도 더 편하게 살고 싶다는 이기심. 절제를 모르고 한없이 갖고 싶어하는 탐욕. 내가 만든 기준으로 세상 모든 것을 정의 내리는 오만. 문제가 생겨도 누군가 알아서 하겠지 하는 무책임. 우리의 마음이란 곳에서 비롯된 이 모든 것들로 수많은 생명들과 지구가 희생되고 있습니다. 지금 이대로라면 언젠가 우리도 우리가 멸종시킨 생물종처럼 지구 위에서 사라질지도 모릅니다.

하지만 우리에게는 희망이 있습니다. 위기를 기회로 바꿀 능력이 있습니다. 위기가 생겨난 것은 우리의 마음보다 우리의 지능이 조금 더 빨리 진화했기 때문입니다. 다른 곳이 아닌 우리 안에서 시작된 일이기 때문에 우리의 힘으로 극복할 수 있습니다. 이제 우리의 마음이 진화해야 할 때입니다. 모두가 자신의 나약하고 이기적인 마음을 알고 바꾸기 시작할 때, 지구 또한 우리를 위해 바뀔 것입니다. 회의적인 마음을 거두고 열린 눈으로 지구 위에서 벌어지는 일들과 우리의 마음을 똑바로 바라보면, 보다 나은 세상은 이상이 아닌 현실로 다가올 것입니다.

방이 있습니다. 누구나 간직하고 있지만 잊어버리고 있던 방.

오랫동안 열어보지 않아서 어떻게 변해버렸는지 두렵지만,

이제 우리는 문을 열어야 합니다.

우리 모두가 느끼고 있는 외로움과 애써 외면하고 있는

막막함은 이 문을 열 때에야 비로소 해결할 수 있습니다.

나를 넘어서고, 세상의 벽을 넘어서고, 너와 나의 경계를

넘어설 수 있는 곳. 한 사람도 빠짐없이 이 문을 열 수 있길

바라며 우리는 지구 행복 프로젝트를 시작합니다.

Change our mind,

Change the world.

우리의 마음을 바꾸는 순간, 세상을 바뀌기 시작합니다

● 차례

● 회의적인 당신에게 보내는 편지 4

HEALing
이해할 수 없지만 치유할 수 있는 일들

● 호텔 르완다 12

● 블러드 다이아몬드 24

● 우키뮈 우키뮈 36

● 키드 48

● 우리는 왜 지구의 절반이 굶주리는지 알고 있다 60

● 그라민 은행 72

● 국경 없는 의사회 84

RECOVERing

돌이킬 수 없지만 회복할 수 있는 일들

- SPF 96 **96**
- 0.6℃ **106**
- 투야의 땅 **118**
- 탄소 중립 **128**
- 모피 잔혹사 **138**
- 멸종 **148**
- 자원 전쟁 **160**
- 야트로파 **170**

JOINing

강요할 수 없지만 함께할 수 있는 일들

- 에코 셀러브리티 **184**
- 공정한 거래 **194**
- 원조의 블랙홀 **208**
- CSR **218**
- 진흙쿠키 **230**
- 푸드 마일리지 **238**
- 내 생애 가장 친환경적인 일주일 **246**

우키뮈 우키뮈
호텔 르완다
키드
그라민 은행
우리는 왜 지구의 절반이 굶주리는지 알고 있다
블러드 다이아몬드
국경 없는 의사회

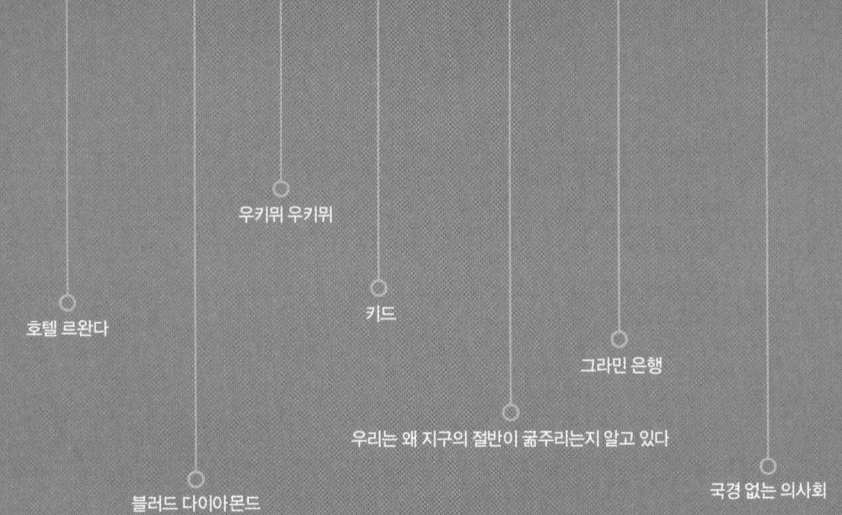

HEALing

이해할 수 없지만
치유할 수 있는 일들

01

호텔 르완다

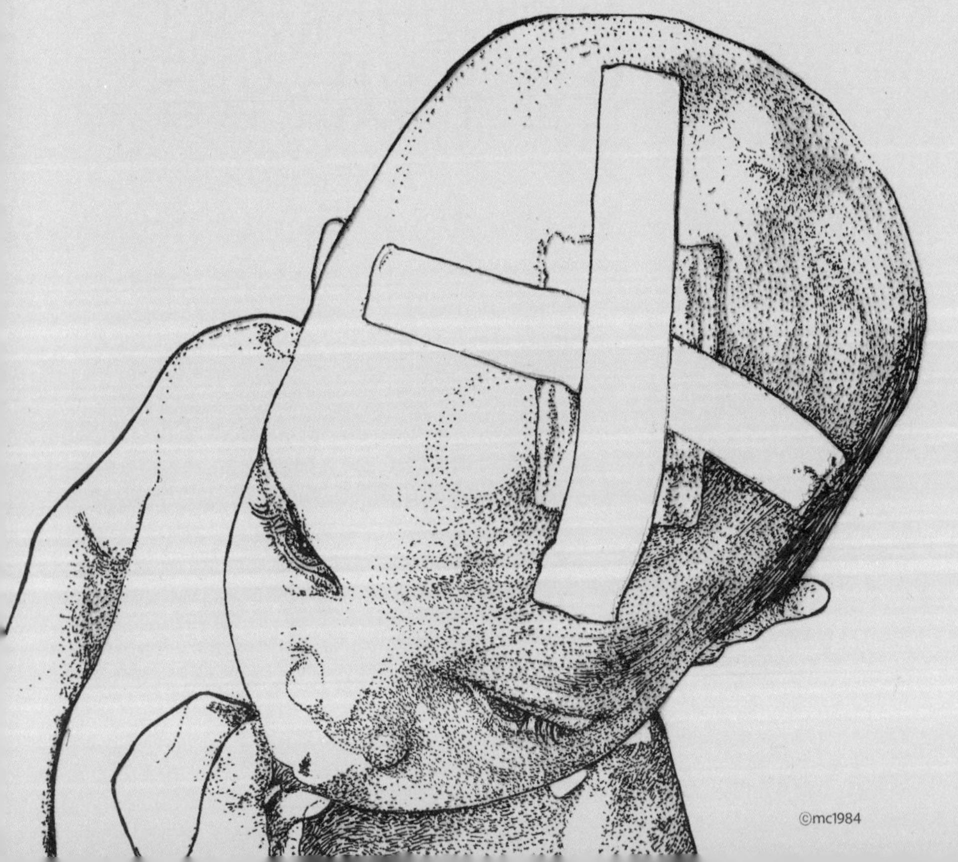

호텔 르완다 Hotel Rwanda

제작연도 2004
감독 테리 조지
출연 돈 치들, 소피 오코네도, 호아킨 피닉스
포스터 카피 100일 동안 1,268명의 목숨을 지켜낸 한 남자의 감동 실화!
배경 인류의 출발지, 작열하는 태양과 오염되지 않은 자연이 살아 숨 쉬는 땅 아프리카,
　　　1994년 그 한가운데서 100만여 명의 시·상지기 발생한 르완다 내전

투치족과 후투족

투치족

르완다와 부룬디 총 인구의 약 9~14%(후투족 약 85%)를 차지한다.
원주민인 후투족을 정벌하고 왕국을 건설한 이후, 이들에 대항하는 후투족과
오랜 투쟁의 역사를 지속해왔다.

후투족

체구가 작고 다부진 농경민족으로 투치족과의 오랜 대립으로 수많은 대규모
유혈충돌이 발생하였다.

두산백과사전 Encyber

서방의 미디어와 자료가 전해주는 설명에 의하면,
두 부족은 오래도록 갈등하고 충돌해왔다.

투치족이 후투족에 비해 월등한 신식무기나 정비된 군대를 갖고
있었다는 사료는 찾아보기 어렵다.
단지 '상대적으로 호전적이라고 추정되는' 소수 부족이
'온순하다고 추정되는' 다수 부족을 식민지처럼 완전히 지배했다는
설명만이 있을 뿐이다.
실제 두 부족 사이에 갈등관계가 있었다 한들,
아프리카 여느 부족들처럼 자연스러운 충돌과 경쟁이 아니었을까?
그들은 정말 완전한 지배-피지배 관계였을까?
'100만 명의 사상자를 낳고도 분쟁을 해결 못 할 만큼'
오랜 원수지간이란 어떻게 가능할까?

서방의 분석은 단 하나.
<u>그들은 원래 갈등관계였다.</u>

두 부족 말고도 아프리카 곳곳에서 끊이지 않는 부족 간 내전.
이미 종결됐을지라도 아직까지 치유되지 못한 후유증.

그들은 원래 원수지간이니까…
자원을 놓고 자기 부족의 이익만을 챙기느라…
그들의 반목은 이렇게 단순한 이유로 벌어지는
어리석은 사건일 뿐일까?

자를 대고 그릴 수 있는 아프리카의 국경선

민족, 씨족, 인종, 나라…
시대마다 사회마다 각기 다른 '우리'와 '너희'를 구분하는 경계가 있다.
아프리카에서는 오랫동안 부족 혹은 씨족을 기준으로 집단을 이루어
살아왔다.
그런데 그들의 땅에 침입해 식민사업을 벌인 유럽인들은
원주민들의 기준을 무시한 채 마치 케이크를 자르듯 영토를 나누고
여러 부족을 한 국경 안에 몰아넣었다.

그리고 지배를 용이하게 만드는 작전.
지배자인 유럽보다 다른 부족을 미워하게 만들기.
특정 부족을 자신들의 끄나풀로 삼아 다른 부족을 억압하고
관리하게 했다. 이때부터 부족 간에는 자연스러운 충돌관계를 넘어선
비정상적인 갈등이 시작된다.

1923년부터 벨기에가 통치한 루안다Ruanda – 우룬디Urundi도 마찬가지.
벨기에는 좀더 고상하게 생기고 콧구멍이 좁다는 이유로
인구의 10%를 차지하는 소수의 투치족을 우대하고 특혜를 준다.
그러다 2차대전 이후 투치족이 독립을 요구하자 이번에는 후투족을
자기들 편에 세운다.
어느 날 날벼락처럼 시작된 유럽의 식민지배에 똑같이 피지배 상태가
되었음에도 온갖 특혜와 권력을 독식하게 된 투치족으로부터
억압받아온 후투족, 그들은 투치족에 대한 보복을 개시한다.

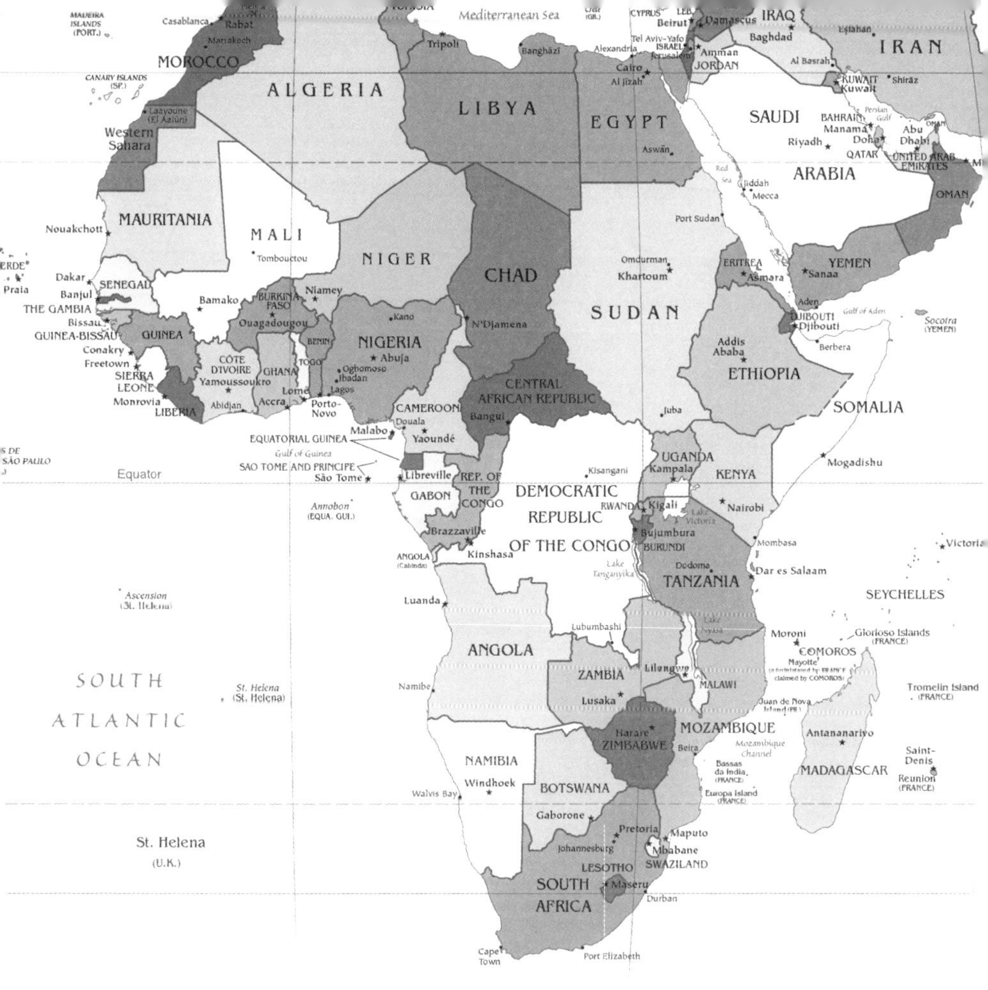

벨기에가 물러나고 루안다-우룬디에서 르완다가 분리되고 부룬디가
독립한 1962년, 르완다의 투치족들은 대외적 명칭은 보호구역이지만
실질적으로는 격리구역이라 할 수 있는 제한된 공간으로 내몰렸다.
이때 국외로 탈출한 투치족은 우간다 투지족 반란군과 함께
르완다 애국전선RPF을 결성, 1994년에는 수도 기갈리까지 세입했다.
이에 후투족은 투치족에 대량학살을 자행한 뒤 콩고로 도주했고,
이들을 잡기 위해 1998년 르완다군이 콩고를 침공하여 콩고 내전이
불거졌다.

우리의 2002년, 그들의 2002년, 그리고 오늘

월드컵의 함성으로 가득했던 2002년.
콩고와 르완다의 대통령은 콩고 내전을 종결하기 위해 평화협정을
체결한다. 하지만 대부분의 후투족은 투치족의 복수가 두려워 아직도
고향으로 되돌아오지 못하고 있다.

어느 부족도 선택하지 않았던 '국경' 안에서,
역시 어느 쪽도 원한 적 없는 '국가 단위 경제체제'와 '시장경제'에
맞춰 살아가면서, 부족 간의 갈등은 쉽게 해소되지 않는다.
르완다 내전, 콩고 내전, 부룬디 내전 등을 비롯한
아프리카의 갈등은 여전히 현재진행형으로 남아 있다.

전쟁의 후유증보다 무서운
내전의 상처

전쟁은 나라끼리의 싸움이다.
내전은 한 나라 안에서 벌어지는 싸움이다.
전쟁은 적이 외부에 있기 때문에 내부를 똘똘 뭉치게 하는 반면,
내전은 적이 내부에 있기 때문에 서로를 미워하고 불신하게 만든다.

전쟁으로 피폐해진 나라에는 외부의 원조가 비교적 골고루
전달될 수 있다. 그러나 내전이 일어난 나라에는 외부의 원조가
특정 세력의 비호를 받는 곳, 비교적 안전한 곳에 치우쳐 전달된다.
원조의 효율이 낮은 것은 물론, 원조의 불균형한 전달 때문에
분열 상황은 악화된다.

전쟁이 끝나고 휴전이나 종전이 이루어지면, 사람들은 미래를 예측할
수 있다. 앞으로의 생활을 계획할 수 있고 저축과 투자가 가능해진다.
미래를 내다볼 수 있다는 것은 열심히 뛸 수 있는 희망이 있다는 것.
사람들의 희망과 의지는 전쟁의 후유증을 딛고 일어설 힘이 된다.

그러나 내전은 언제든지 다시 폭발할 수 있다.
내전이 종식되더라도 갈등은 그 사회 안에 시한폭탄처럼 숨어 있다.
미래에 대한 예측이 불가능하고 자산은 보상되지 않는다.
열심히 일해서 돈을 벌고 저축을 하겠다는 계획도 사라진다.
희망이 없는 땅에서는 사회적 자본이 통째로 무너지는 것이다.

폴이 구한 1,268명,
학살당한 1,000,000명,
그리고 수많은 타인들

'내전'이라는 한 단어로 차마 다 표현할 수 없는 규모의 살육전.
100만 명이 죽어나간 또하나의 이유는 참혹한 학살의 현장을
철저히 외면한 '타인들'의 무관심이었다.
내전 당시 외부 언론과 국제기구, 그리고 백인을 비롯한 다른 민족들은
별다른 대책을 강구하지 않았다.

이 사건이 TV를 통해 알려진다고 해도
해외 사람들은 "와, 정말 비극적인 일이구나" 하면서
잠시 안타까워하고는 다시 식사로 돌아갈 것이다.
우리 스스로가 아니면, 우리를 도와줄 사람은 없다.

영화 〈호텔 르완다〉 중에서

이제 남은 과제는 내전의 상처를 치유하는 것.

우리는 또다시 타인이 되어 그들을 외면할 수도 있다.
1994년 100만 명이 학살당하는 그 현장을 보고도 두 손 놓고
바라보고만 있었던 과거의 타인들처럼.

르완다 내전

19~20세기 초 독일과 벨기에의 식민지배를 받음. 벨기에는 소수인 투치족을 우대.

1950년대 투치족의 독립 요구에 벨기에는 후투족 우대정책으로 전환.

1959년부터 투치족에 대한 후투족의 보복이 시작됨.

1962년 르완다가 벨기에로부터 독립. 후투족을 피해 탈출한 투치족이 우간다의 반란군과 손을 잡고 르완다 애국전선RPF을 결성.

1994년 르완다 애국전선이 르완다의 수도 키갈리를 제압하고 투치족 주도의 정권 발족. 후투족은 투치족 학살을 자행함.

1995년 유엔안전보장이사회가 유엔 르완다 국제형사재판소를 설치.

1998년 콩고민주공화국(구 자이르)의 내전으로 확대. 르완다와 우간다가 반정부세력을 지원하고, 짐바브웨와 앙골라, 나미비아는 정부군을 지원. 지속되는 전투와 분쟁으로 식량 부족 문제 등이 발생하여 200만 명가량이 사망.

2002년 7월 콩고민주공화국의 카빌라 대통령과 르완다의 카가메 대통령이 콩고 분쟁의 종결을 위한 평화협정 체결.

소말리아 내전

1880년대 영국, 프랑스, 이탈리아가 소말리아 반도로 진출. 소말리족 거주지를 분단시키고 식민지배 시작.

1960년 이탈리아 통치하의 남부와 영국 통치하의 북부가 병합하여 독립함. '판 소말리즘(소말리아 민족운동)' 고양.

1960~1970년대 주변의 소말리족 거주지까지 소말리아로 합치려는 움직임이 활발해짐. 이로 인해 1977년부터 1978년에 걸쳐 오가덴 분쟁(에티오피아 국경 내 소말리족 거주지인 오가덴 지방을 둘러싼 분쟁)이 두 차례 발발.

1980~1990년대 같은 소말리족 내에서도 씨족 간 분쟁 빈발.

1991년 바레 정권이 무너지자 씨족들은 각각 반정부조직을 결성하여 본격적인 내전 상태로 돌입.

1992년 12월 유엔에서 다국적군을 파견하였으나 130명 이상의 희생자를 내고 1995년에 완전 철수. 유엔평화유지군PKO 활동이 실패로 끝남(영화 〈블랙호크다운Black Hawk Down〉의 배경).

2000년 지부티공화국 주도로 열린 알타 평화회담에서 임시정부가 세워지고 압델카심 살라드 하산이 대통령에 취임.

현재까지 씨족 간 분쟁 지속. 유엔아동기금에서 일하는 소말리아인 직원이 납치되고 임시정부의 관광부 장관이 무장세력에게 납치되는 등 납치, 살인사건이 계속되고 있음.

마스다 다카유키, 『한눈에 보는 세계 분쟁 지도』(이상술 옮김, 해나무, 2004)

02

블러드 다이아몬드

영화 〈블러드 다이아몬드 Blood Diamond〉 중에서

가끔은 궁금해져.
우리가 하는 일을 신이 용서하실지.
하지만 금세 깨닫곤 하지.
신이 오래전에 이곳을 떠났다는 걸.
영화 〈블러드 다이아몬드 Blood Diamond〉 중에서

콜탄, 무한통신 시대에 등장한 탐욕의 대명사

핸드폰의 전해콘덴서에 들어가는 탄탈룸을 만드는 원료를
'콜탄'이라고 부른다. 콜탄은 가공을 거쳐 핸드폰, 제트엔진,
광섬유 등에 필요한 탄탈룸이 되며, 이는 컴퓨터나 게임기의 칩을
만드는 데도 반드시 필요한 소재다.

언제 어디서나 통화를 하고 이메일을 보낼 수 있는 무한통신 시대.
핸드폰과 게임기의 수요가 늘면서 콜탄의 수요도 급증,
한때는 물량 부족 사태까지 빚어질 정도였다.
콜탄 값이 급등하면서 주산지인 콩고에서는 이 자원을 두고
정부와 반군 사이의 분쟁이 시작됐다.

콩고 동부를 장악하고 있는 반군 '콩고 민주회의RCD'는 콜탄으로
한 달에 100만 달러를 벌어들이면서 4만여 명의 병력을 유지하며
세력을 확장했고, 콩고의 카빌라 정부는 이웃나라에 각종 이권을
넘겨주면서까지 용병을 끌어들여 대립하고 있다. (앙골라에는
연해유전을, 짐바브웨에는 다이아몬드와 코발트 채굴권을, 나미비아에는
다이아몬드 광산 지분을 넘겨주었다.)

그리고, 분쟁의 핵심에 있는 콜탄을 채굴하는 이들은
15세 미만의 아이들.

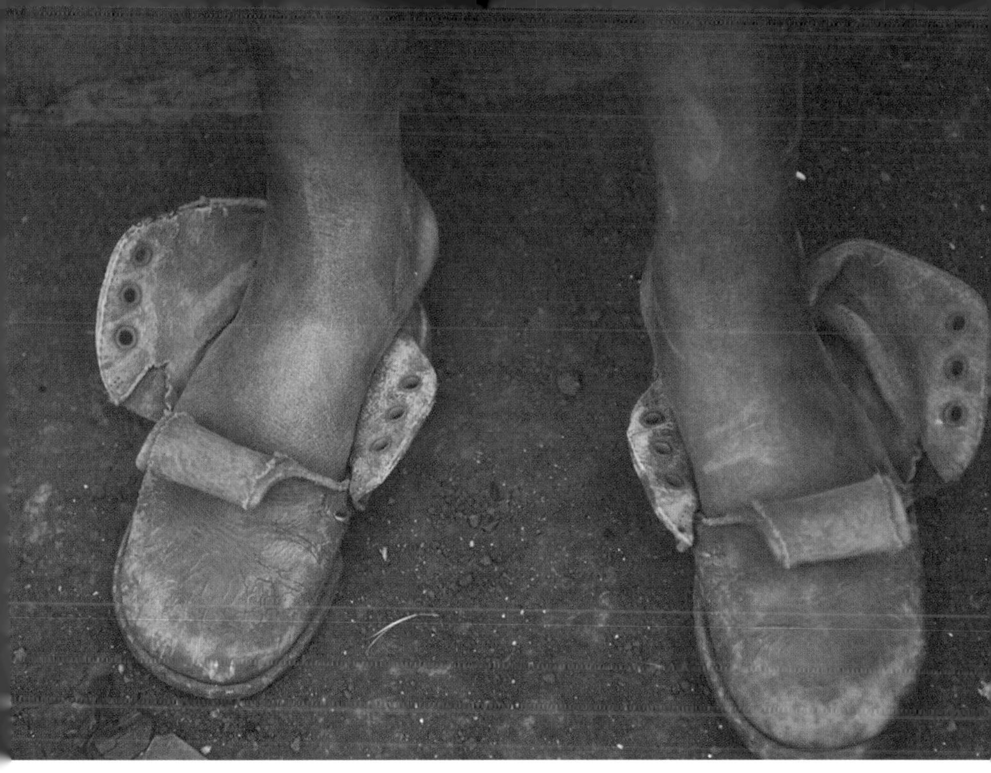

아이들은 지반이 무너져내리지는 않을까 불안에 떨면서 하루 종일
굴속에서 콜탄을 채굴한다. 채굴 현장은 군인들이 감시하고 있어
쉴 수도 없고 이야기를 나눌 수도 없다.
하루 종일 어둡고 탁한 공간에서 쉬지 않고 일하지만 그 대가로 받는
푼돈으로는 밥도 약도 충분히 살 수 없어 굶어 죽거나 병들어 죽기
부지기수.

그리고 이렇게 채굴된 콜탄은 마피아 시장으로 들어가 값이 정해진 뒤,
다시 르완다의 수도 키갈리로 모여 유럽으로 옮겨지면 런던에서
구매자들이 값을 정한다.

다이아몬드는 영원히?

영원한 아름다움, 다이아몬드.
영원한 사랑을 약속하며 연인들이 서로의 손가락에 끼워주는
다이아몬드.

그러나 그 영원함만큼이나 비현실적이고 모순된
다이아몬드의 태생적 비극.

다이아몬드에 귀를 갖다 대보라.

아이들이 울부짖는 소리,
총소리,
건물이 무너지는 소리,
누군가 시름시름 앓는 소리,
…

들리지 않는가, 이 아픈 소리들이?
다이아몬드는 원죄를 안고 태어난다.

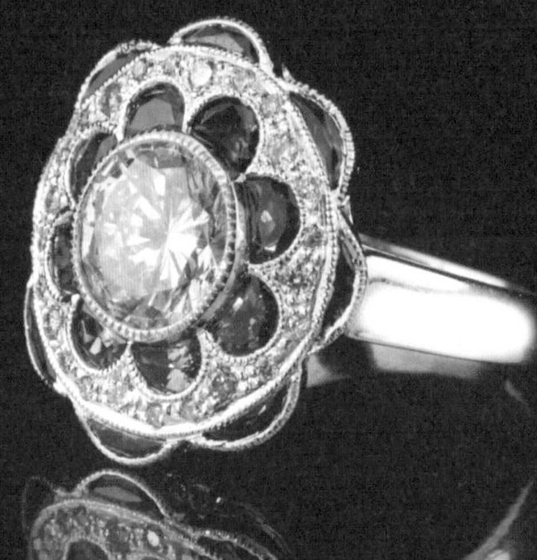

15세기 포르투갈의 식민지 개척자들이 도착했을 때,
해안 산지에서 울리는 천둥소리가 마치 사자가 포효하는 소리
같다고 해서 '사자산'이라는 뜻의 이름이 붙은 땅,
시에라리온.
그 땅에서 가장 가치 있는 보석으로 꼽히는 다이아몬드 때문에
비명 소리가 끊이질 않고 있다.

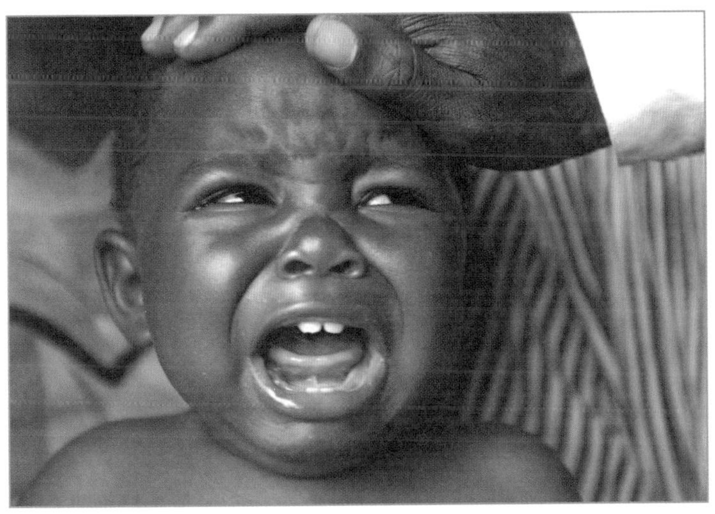

블러드 다이아몬드

시에라리온을 배경으로 하는 영화, 〈블러드 다이아몬드〉.
레오나르도 디카프리오가 주연해 더욱 화제가 되었던 이 영화에서
다이아몬드는 죽음의 보석으로 그려진다.
평범한 사람들을 죽음과 광기로 내모는 분쟁의 원인, 다이아몬드.

1930년 영국의 지질학자에 의해 가장 가치가 높은 다이아몬드 광산의
위치가 알려진다.
그 뒤로 광산의 이권을 두고 벌어지는 갈등은 서방의 침탈,
정부와 반군 간의 내전, 반군과 반군끼리의 분쟁 등 갖가지 형태로
지금까지 이어지고 있다.
광산을 차지하기 위한 전쟁으로 370만 명이 죽고 600만 명이 난민이
되었다. 반군들은 손목 절단이라는 무자비한 테러를 자행하기도 했다.

시에라리온의 혁명연합전선RUF은 다이아몬드를 무기와 맞바꿔
무장을 강화하고 밀수출로 벌어들인 달러로 세력을 확장했다.
노동자들이 휴일도 없이 하루 2컵의 쌀과 50센트의 돈을 받으며 캐낸
다이아몬드는 런던을 거쳐 인도의 세공장에서 정교하게 다듬어진 뒤
1캐럿(0.2g)에 수천, 수만 달러를 호가하는 가격에 팔리고 있다.

반군들이 세력을 확장하고 시에라리온 국경 너머 전 세계에서
다이아몬드를 선망하는 동안, 평범하게 살아가던 이들에게
돌아온 것은 1인당 GDP 800달러, 기대수명 40여 세의 참혹한 삶.

MADE IN
'갈등과 분쟁이 없는 지역'

각종 자원을 차지하기 위해 1990년에서 2005년까지 23개국이
분쟁을 일으켰고, 건물 및 사회 인프라 파괴, 인명 사상, 무기 암거래
등으로 3,000억 달러가 소모되었다.
이 정도 비용이면 아프리카에 예방 접종과 청결한 물 공급이
가능했을 텐데, 계속되는 갈등으로 아프리카 사람들은 오히려
희생당했다.
자원을 둘러싼 탐욕의 전쟁이 없었다면 아프리카는 죽음의 땅에서
성장의 땅으로 일어설 수 있었을 것이다.

자원을 둘러싼 무한한 탐욕,
부패한 정권과 외부 세력 간의 정치 다툼,
그칠 줄 모르는 아프리카의 자원 분쟁은
말 그대로 '가진 것이 많아 슬픈' 아이러니를 연출하고 있다.

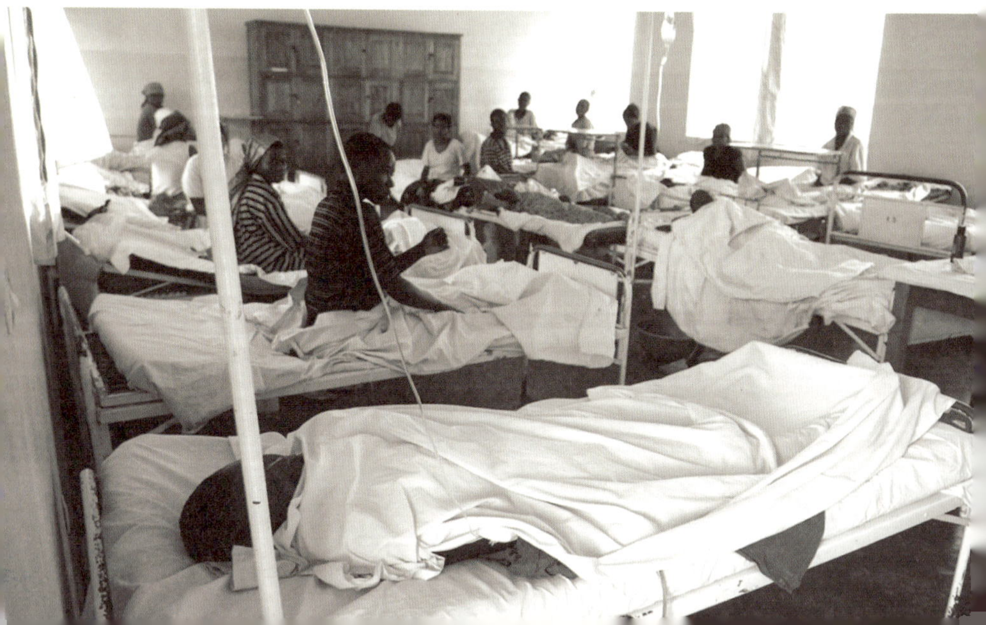

이 문제를 전담할 국제적인 기구를 마련하자는 의견도 있지만
강제력이 약한 국제기구에 전적으로 의지할 수는 없다.

그래서, 반드시 병행되어야 할 해결책,
착하게 까다로운 소비.
캐나다의 광산에서 채굴된 다이아몬드 제품은 다른 곳에서 생산된
것과 구별되도록 북극곰이나 단풍잎 모양을 새긴다.
'갈등과 분쟁이 없는' 지역에서 자체적으로 생산되었다는 표시.
아프리카에서 생산되는 자원에도 점차 적용할 수 있도록
소비자운동과 국제기구의 감시가 이루어져야 한다.

이런 소소한 행동들은 티 안 나는 거북이걸음 같을 수도 있다.
하지만 커피전문점의 원두가 아동 노동으로 생산된다는 것이 알려진
뒤에는 커피전문점에서 일정 비율을 공정무역 커피로 할당하고
생산지의 인프라 구축에 앞장서며 이를 홍보하고 있다.
서구에서는 모피 생산과정의 잔인함을 비난하는 운동이 일자,
한때 진짜 모피를 인조모피로 속여 팔아야 했던 시절도 있었다.

가장 더디지만 가장 지속적이고 근본적인 방법,
Made in '갈등과 분쟁이 없는 지역' 상품을 구매하는 일.

한 사람, 한 사람의 뜻과 목소리와 행동이 모이면
잘못된 것을 바로잡을 수 있는 힘이 생긴다.
검은 대륙에서 슬픔이 걷히는 변화의 힘이.

© Endre Vestvik

03
우키뮈 우키뮈

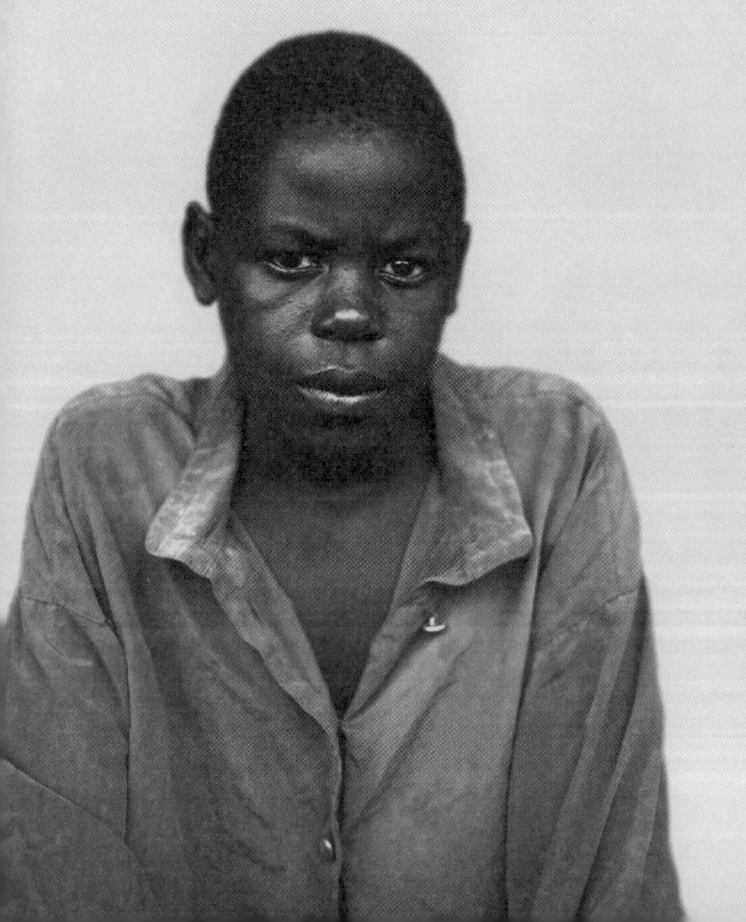

HIV human immunodeficiency virus

에이즈를 유발하는 바이러스로서 수혈이나 성관계를 통해 감염된다. HIV에
감염되면 우리 몸의 면역제계가 손상되고 그 정도가 어느 수준을 넘게 되면 치명직
감염증을 일으켜 에이즈 Acquired immune deficiency syndrome (후천면역결핍증)로
진행된다. 현재까지 밝혀진 바로는 HIV에 감염된 후 8∼10년이 지나면 에이즈로
발전하지만, 수혈로 감염된 경우에는 이보다 기간이 더 짧아져 보통 3∼4년 후면
에이즈로 전환된다.

우키뮈, 우키뮈

"우키뮈, 우키뮈!"

할머니는 바나나숲을 손으로 가리키며 흐느낀다. 에이즈로 죽은
아들딸 11명을 바나나숲에 묻었단다.

우키뮈Ukimwi는 아프리카 사람들이 에이즈를 부르는 말이다.

할머니는 에이즈의 발병 원인과 예방책, 치료법 등을 알지 못한다.
할머니에게 '우키뮈'는 그저 어느 날 갑자기 자식들을 시름시름 앓다
죽게 만든 나쁜 귀신의 짓일 뿐이다.

무덤엔 이름이 적힌 묘비도 없다. 할머니는 글을 모른다.
대신 빈집의 기와만 가져다 몇 개씩 덮어놓았다. 이웃의 일가족도
에이즈로 죽어 빈집이 되었기에 기와를 가져올 수 있었다고 한다.

마을 사람들이 에이즈로 하나 둘씩 죽어간다. 바나나숲엔 하루하루
무덤만 늘어간다. 할머니와 함께 사는 어린 손자들도 언젠가
그 바나나숲에 묻힐 것이다.

우키뮈, 즉 에이즈가 창궐하는 지역은 보츠와나, 나미비아, 짐바브웨,
스와질란드와 같이 주로 아프리카 남부에 위치한 국가들이다.
이들 국가의 에이즈 감염률은 평균 20% 이상.
특히 가장 활발하게 경제활동을 해야 할 청장년층의 감염률과 사망률이
높아 사회 발전에 커다란 장애가 되고 있으며, 아이들의 30% 이상이
인체면역결핍바이러스HIV에 감염된 채 태어나고 있다.
이 아이들의 평균수명은 2년 남짓.
죽지 않고 자라더라도 언제든지 발병할 수 있는 병을 안고 평생
살아야 할 뿐 아니라 그 병을 남에게 옮길 수도 있으며, 아이들의
부모 역시 언제 에이즈로 죽을지 모를 상황에 처해 있다.

HIV와 에이즈로 부모를 잃고 고아가 된 아이들(2001년 기준)

나이지리아 995,000명
에티오피아 989,000명
콩고민주공화국 927,000명
케냐 892,000명
우간다 884,000명
탄자니아 815,000명
짐바브웨 782,000명
남아프리카공화국 662,000명
잠비아 572,000명
말라위 468,000명
코트디부아르 420,000명
모잠비크 418,000명
태국 289,000명
부르키나파소 268,000명
르완다 264,000명

출처 UNAIDS, UNICEF, USAID, *Children on the Brink*(2002)

아프리카는 왜?

유엔에이즈계획UNAIDS이 발표한 세계 에이즈 현황 보고서에 따르면,
지난 24년간 에이즈에 의한 사망자는 2,500만 명.
2005년 말 에이즈 감염자는 약 3,860만 명.
매년 약 410만 명이 새로 감염되고 280만 명이 숨진 것으로 추정.
그중에서도 에이즈는 사하라 이남의 아프리카에서 유독 그 위세를
떨치고 있다. 아프리카의 에이즈 감염자는 2,500만 명으로 추정되어
가장 높은 수치를 기록하고 있다.

남아프리카공화국. 국민 4명당 1명꼴로 에이즈에 감염된 상태.
만약 감염률이 떨어지지 않을 경우, 현재 15세인 인구의 60%가
60세까지도 살지 못할 것으로 추정.
인종 분리정책으로 국제사회의 비난을 받으며 고립되어,
에이즈에 대한 연구가 주로 이루어진 선진국과 우호적이지 못했던
그 시간 동안 힘없고 무지한 이들만 병들어갔다.

우간다의 경우, 내전으로 에이즈가 확산된 대표적인 사례.
에이즈 확산경로가 반군과 정부군의 전선 이동경로와 비슷한 그림을
그리고 있다.
에이즈에 걸린 여성을 납치, 강간하고 또다른 지역으로 이동해
같은 일을 반복하는 사이, 에이즈는 걷잡을 수 없이 확산되었다.

전통도 대륙을 병들게 하는 데 한몫하고 있다.
몇몇 부족에서는 남자가 병에 걸려 죽으면 그 자식들은 물론 아내까지
남자의 형제들에게 귀속시키는 전통이 내려온다.
또다른 부족에서는 남자가 죽으면 그의 아내를 친척들이 집단 강간해야만
남자의 영혼이 자유로워진다고 믿는 '성적 정화의식'이 전통의 이름으로
전해온다.
남자가 에이즈 때문에 죽었다면, 그 아내 역시 에이즈에 걸렸을 확률이
높다. 그리고 아내에게 행해지는 집단 성관계로 에이즈는 확산된다.

그리고 가장 큰 원인, 무지와 빈곤.
아프리카의 실업률은 최고 80%에 달하며, 특히 시골은 실업 문제가
심각하다.
에이즈로 남편을 잃고 자식들을 부양해야 하는, 그 자신도 에이즈에
감염되었을지 모르는 여자들은 거리로 나와 몸을 판다. 그들의 손님은
대개 UN이 'unprotected sex'라고 명명한 콘돔 없는 성관계를 원한다.
절대 빈곤으로 인한 매춘과 에이즈에 대한 무지로
에이즈는 무섭게 확산된다.

Open Secret

우간다의 오픈 시크릿Open Secret 정책 보고서에 담긴 처참한 현실.
인구 2만 명당 의사는 1명. 선진국의 1/70도 안 되는 수치.
인구 5천 명당 간호사 1명. 선진국의 1/40도 안 되는 수치.
위 수치는 그나마 도시의 수준, 시골은 반경 100km에 의사 1명.
병원의 60%, 의사의 80% 이상이 도시에 있으나
아이러니하게도 인구의 20%만이 도시에 산다.
인구의 대부분이 살고 있는 시골에서 따로 화장실을 설치하여
사용하는 사람은 20% 미만.
보건소를 찾아와 약을 사더라도 보관할 약통도, 선반도 없는
비참한 현실.

우리는 침묵을 깨야 한다. 에이즈로 아프리카에서는
상상도 할 수 없는 비극이 일어나고 있다.   넬슨 만델라

그동안 에이즈는 감춰야 하는 부끄러운 병이었다.
아프리카의 여러 나라들은 에이즈 문제를 숨기거나 축소하려 한다.
감염자 수는 물론 필요한 의약품 목록과 양조차 축소해서 발표한다.

이제 침묵을 깨야 한다.
1986년 우간다 보건부 장관이 제네바에서 열린 세계보건회의에서
에이즈 퇴치를 위한 국제적인 도움을 호소한 이후, 우간다의
에이즈 감염자 수는 현저히 낮아졌다.
고칠 수 없는 무시무시한 병이라도 도움은 정말 '도움'이 된다.

바이라문, 그리고 돈

에이즈로부터 사람들을 구할 수 있는 방법, 약품.
현재 개발된 약으로 지속적인 치료를 한다면 최고 30년까지 생명
연장이 가능하며, 지금도 신약 개발은 계속되고 있다.

HIV에 감염된 임산부의 아이가 바이러스에 감염될 확률은
100%에 가깝다.
하지만, 임산부가 에이즈 치료제인 '바이라문'을 한 번만 복용해도
신생아의 감염을 막을 수 있다. 그리고 갓 태어난 아기가 보조제를
소량 복용하면 에이즈로부터 무사할 수 있다.
이렇게 간단한 방법이지만 아프리카에서는 간단치 않은 이유, 돈.

치료제만 있으면 구할 수 있는 생명

VS

비용과 시간과 인력을 들여 만든 신약의 특허권 로열티

전 세계 에이즈 관련 기금의 67%가 약을 구입하는 데 쓰이고 있다.
약값이 비싼 이유는 치료약의 특허권에 대한 로열티 때문.
탄자니아와 우간다의 경우 에이즈 치료에 필요한 약값은 1인당
국민소득의 30~40배. 때문에 정품의 2~3% 가격인 복제약품을
인도나 태국으로부터 들여오기도 한다.

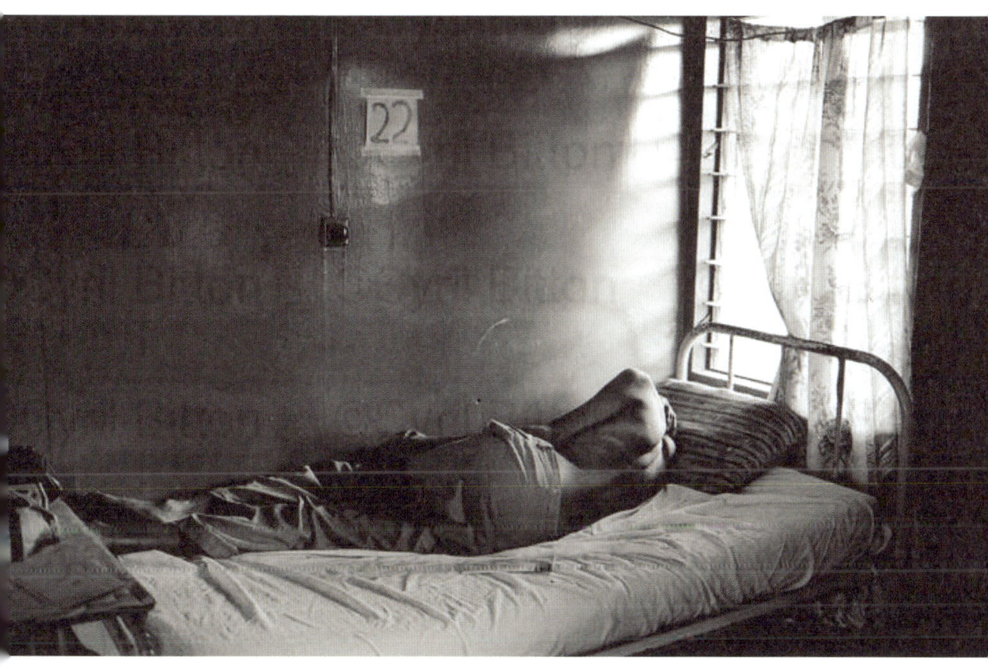

이에 대한 다국적 제약회사들의 반응.

**계속해서 복제약을 사용한다면 에이즈 퇴치 기금을 원조하지 않겠다.
특허권이 보장되지 않을 경우 신약 개발은 더이상 없다.**

그리고 아프리카 국가들은 OECD 국가들에 비해 더 비싼 약값을
지불하기도 한다. 특허권에 대한 공통 기준이 없기 때문이다.

에이즈 치료제의 혜택을 기다리고 있는 환자가 남아프리카에만
530만 명이다.

붉은 리본

WTO 회원국은 최빈국에게 2016년까지 제약 특허권에 대한 로열티
지불을 면제해주었다.
'국경 없는 의사회'는 2002년부터 에이즈 바이러스의 확산을 예방하기
위해 세 가지 약물의 혼합요소인 '칵테일 요법'이라는 치료법을 개발했다.

그리고 매년 12월 1일, 가슴에 빨간 리본을 다는 사람들.
매년 12월 1일은 UN이 정한 세계 에이즈의 날World AIDS Day.
1988년 1월 영국 런던에서 열린 세계보건장관회의에서 제정.
이 회의에서 148개국은 에이즈에 대한 정보 교환, 교육과 홍보,
인권 존중을 강조한 '런던 선언'을 채택했다.

이날에는 에이즈에 대한 정보와 예방법을 알리는 다양한 행사가
국제기구와 각국 정부 차원에서 이루어지며, 에이즈 감염자에 대한
차별을 없애기 위한 운동도 벌어진다.

그중 하나가 바로 '붉은 리본 운동'.
붉은 리본은 에이즈 감염자들의 인권을 보호하고
지지하며 이해하고 있다는 표현.
더불어 함께 살아가자는 연대의 의미.

붉은 리본은 혈액이고, 따뜻한 마음이다.

삶은 에이즈로 인해 끝나지 않는다.

입두익 인권운동가들

04
키드

찰리 채플린의 〈키드 The Kid〉

1921년 찰리 채플린이 제작, 주연한 영화.
어느 날 버려진 갓난아기를 발견한 찰리는 그 아이를 데려와 정성껏
보살펴준다. 아이가 다섯 살이 되자 찰리와 아이는 기막힌 콤비가 된다.
아이가 남의 집에 돌팔매질을 하여 유리창을 깨면, 찰리는 그 유리창을
갈아주는 일을 하며 근근이 살아가는 것.
그러던 어느 날 건강이 나빠진 아이를 진찰하러 온 의사는 허름한 집을
보고는 경찰을 부르고, 아이는 보호소로 보내진다. 아이를 되찾기 위해
찰리는 지붕에서 뛰어내리는 등 필사적인 노력 끝에 아이를 다시 만나게 된다.

모던 키즈

산업혁명이 막 날개를 펴기 시작하던 때, 부모에게 양육 능력이
없다고 판단되면 아이들은 강제로 보호소로 보내졌다.

보호소로 간 아이들이 받은 것은
부모 밑에서 받지 못한 '사랑과 교육'이 아닌
하루 15~16시간의 노동.
그리고 0의 임금.

공장에서 면화 쓰레기를 줍는 아이들은 하루 종일 기계 밑에서
살아야 했고, 굴뚝을 청소하던 아이들은 피곤에 지쳐 졸다가
연기에 질식하거나 불에 타 죽기도 했다.

그리고 1924년, 아동 노동의 심각성이 대두되자
아동 권리에 대한 제네바 선언이 채택된다.

그리고 반세기가 지났다

아동 노동, 아동 노예.
유니세프는 '아이들의 건강을 손상시키고 교육의 기회를 박탈하며
착취와 학대의 성격을 품고 있는 경제활동'을 아동 노동이라 정의한다.
불합리한 처우에 대항할 힘이 없는 아이들.
제네바 선언이 채택된 지 반세기가 지난 지금,
아동 노동의 실정은 어떻게 변했는가?

2004년 기준, 전 세계 아동 노동자는 2억 1,800만 명으로,
그중 위험한 환경에서 가혹한 노동을 강요받는 아동은
1억 2,600만 명이다. 그들은 인신 매매, 성 착취,
위험한 작업, 분쟁 등으로 시달리는데,
그중 1/3이 10세 이하다.

국제노동기구

© Frans Devriese from Belgium

쓰디쓴 초콜릿,
숨 막히게 촘촘한 양탄자

그들에게 말해주세요. 당신들이
초콜릿을 먹을 때, 당신들은 초콜릿이
아닌 우리들의 살을 먹고 있다고.

코트디부아르공화국에서 노예 노동을 했던 빈센트

초콜릿의 원료를 만드는 카카오 농장에서 일하는
아이들의 평균 노동시간은 하루 10시간.
코트디부아르공화국에서는 수천 명의 아이들이 25유로
(한화 약 41,000원)에 이 농장으로 팔려온다.
15~19세기, 아프리카 원주민 노예 매매가 이루어졌던 상아 해안에서
이제는 아동 매매가 성행하는 것이다.
대개 고작 몇 푼의 돈을 갚지 못한 부모 때문에, 부모가 아무리
일을 해도 그 몇 푼의 돈을 갚을 수가 없기 때문에, 죄 없는 아이들만
한낱 물건처럼 팔려가고 있다.

값싼 임금 = 값싼 원료 = 값싼 투자 = 높은 이윤

잔인한 경제논리 아래 현대판 노예가 된 아이들의 손으로 재배된
카카오는 도시의 화려한 진열장을 채우는 달콤한 초콜릿으로 둔갑한다.

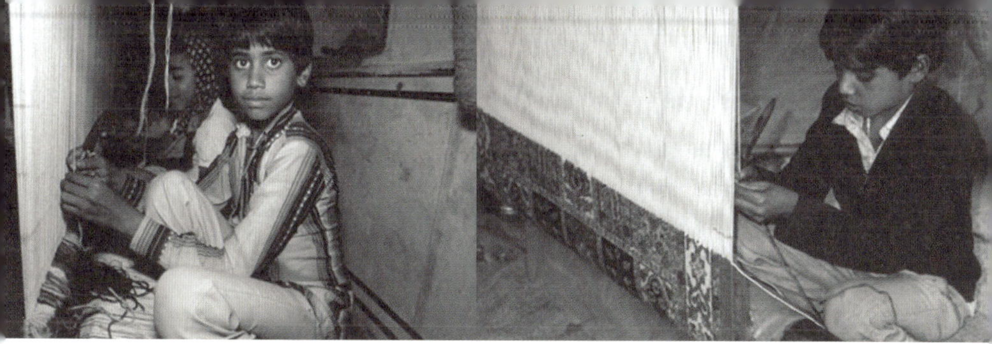

기억에 남아 있는 첫 순간부터 노예로 부림당했던
그들에게 자유란 너무나 낯선 것이다. 그들은 '자유'가
무엇인지 모른다. 가장 시급한 일은 그들에게 잃어버린
어린 시절을 돌려주는 일이다.

인권운동가 카일라시 사티아르티

인도 아이들의 노동력 착취로 생산되는 대표적인 수출상품은 양탄자.
많이 먹으면 졸음이 와서 작업 속도가 늦어진다는 이유로 음식도
조금밖에 먹지 못하고, 웃고 떠드는 것조차 금지당한 채
아이들이 일하는 시간은 하루 14시간.

우리 스스로 선택할 수 있는 소비.
이 무고한 아이들에게 빚을 지지 않고 소비할 수는 없는 걸까?

러그마크와 구출활동

인권운동가 카일라시 사티아르티는 생산과정에서 아동의 노동력을
착취하지 않았다는 보증이 있는 양탄자만을 구매하자고 주장했다.
그렇게 해서 마침내 결성된 러그마크 재단.
아동의 담보 노동으로 만들어지지 않은 양탄자에 러그마크를 붙이는
이 활동은 점차 활발해져 인도로부터 러그마크가 붙은 양탄자만을
수입하는 사례가 늘고 있다.
그리고 러그마크 재단은 양탄자에 러그마크를 붙이는 조건으로
상품 도매가격의 1%를 적립, 그 돈으로 아이들의 교육과 영양 공급에
투자하고 있다.
그 결과 인도에서는 250명의 학생을 지원하는 러그마크 학교가
설립되었다.

러그마크가 붙어 있는 양탄자의 경우,
소비자가 상품을 선택하는 과정에서 아동 노동의 여부를 확인할 수
있지만, 아동 노동이 벌어지고 있는 국가는 대개 정치적 부패로 인해
인권이나 평화 등의 가치를 묵살하는 경우가 많다.

이를 위해, 소유주로부터 아이들이 보호받을 수 있는 장치가 사라지고
무한의 압력과 폭력이 은폐될 수 있는 현장을 찾아내 국제적 차원의
문제로 이슈화하는 단체들이 있다.
브라질의 CPT, 모리타니의 SOS슬레이브스, 파키스탄 인권위원회…

그들은 정치적 위험까지 감수하며 자본주의의 이기로 뒤틀려버린
아이들의 미래, 선택의 여지가 없던 아이들의 처참한 삶을
바로 펴기 위해 오늘도 열심히 뛰고 있다.

또한 인도를 비롯한 남아시아에서도 470여 개의 비정부기구가
비참한 노동 환경으로부터 아이들을 구하기 위한 활동을 벌이고 있다.
아동 노동의 심각성과 잔인함에 대해 관심과 인식을 일깨우는
대중교육 활동과 아동 노동이 성행하는 지역에서 아이들을 구출해내
집으로 보내주는 일이 바로 그것이다.

구출, 그후의 미래

아동 노동을 하는 상당수의 아이들은 스스로 생계를
책임져야 하는 처지.
노동 현장에서 구출된 아이들의 앞날은 어떻게 될까?
많은 단체들이 교육을 강조하고, 또 기초적인 교육이 인간적인 삶을
보장하는 데 매우 중요하지만, 학업만이 대안이 될 수는 없다.

방글라데시에서 1970년대 초에 만들어진 '소외 어린이 교육
프로그램UCEF'은 여러 교육의 실패를 보완하고 아이들에게 도움을
줄 수 있는 방법을 마련한다.
아이들에게 직접 기술을 가르치고 향상시키는 것은 물론,
직장을 알선해주는 소개과정까지 책임지는 것.
아이들은 단순 작업을 위한 부품으로 이용되고 혹사당한 뒤
버려지는 것이 아니라, 갈고닦은 기술을 통해 생산활동에
참여하게 된다.

모든 사람이 유복한 환경에서 태어나지는 않는다.
모든 사람이 배우고 싶은 만큼 교육받을 수 있는 것도 아니다.
어떤 사람은 어린 나이에 학업과 아르바이트를 병행할 수도 있고,
그보다 못한 조건의 사람은 어린 나이부터 일만 할 수도 있다.
그것이 현실이다.

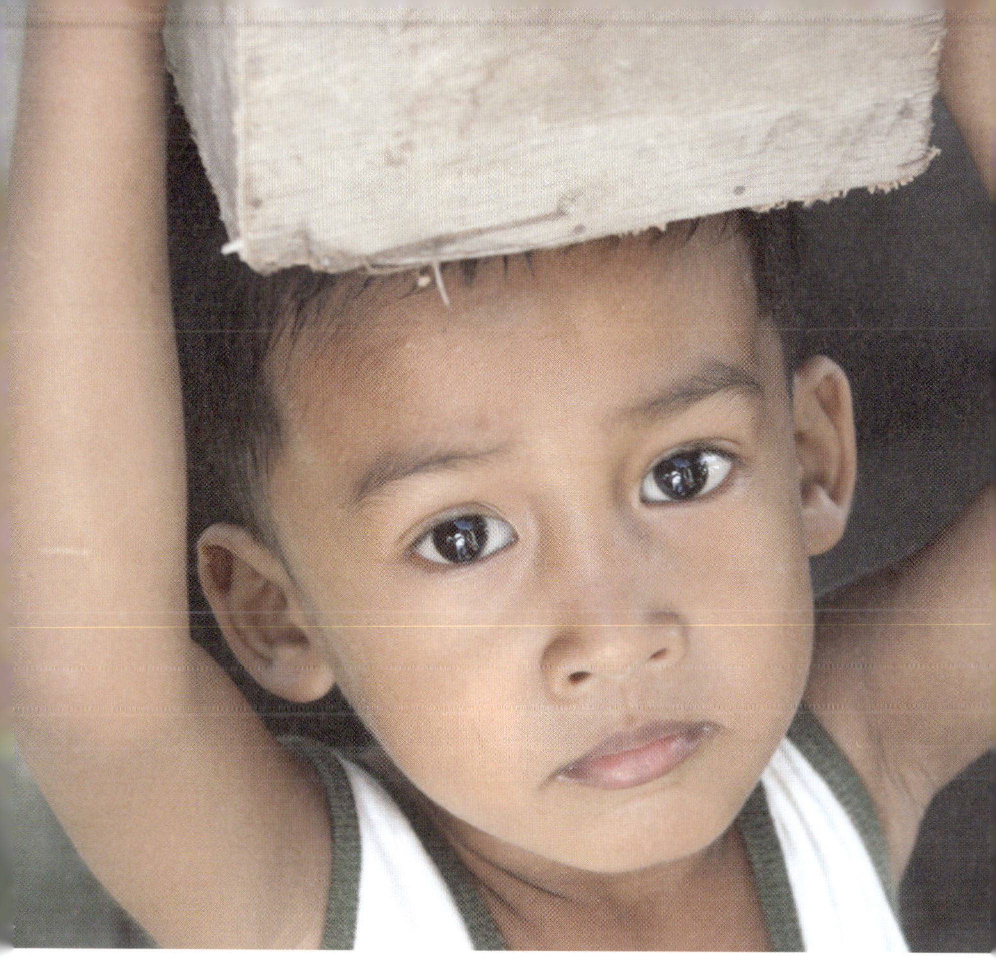

하지만 학대받거나 착취당하는 사람은
아무도 없어야 한다.
그것이 인간 세상의 원칙이나.

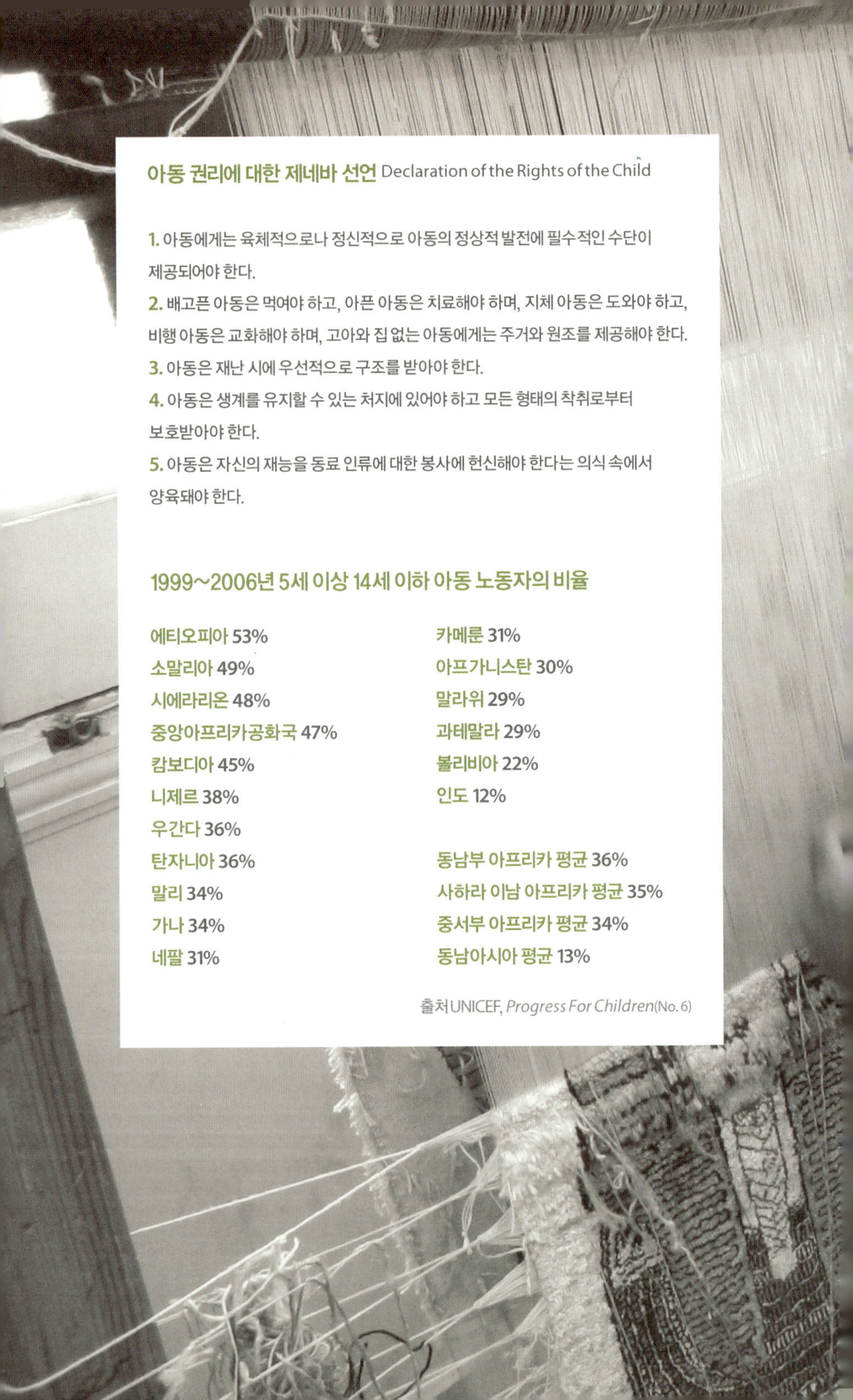

아동 권리에 대한 제네바 선언 Declaration of the Rights of the Child

1. 아동에게는 육체적으로나 정신적으로 아동의 정상적 발전에 필수적인 수단이 제공되어야 한다.
2. 배고픈 아동은 먹여야 하고, 아픈 아동은 치료해야 하며, 지체 아동은 도와야 하고, 비행 아동은 교화해야 하며, 고아와 집 없는 아동에게는 주거와 원조를 제공해야 한다.
3. 아동은 재난 시에 우선적으로 구조를 받아야 한다.
4. 아동은 생계를 유지할 수 있는 처지에 있어야 하고 모든 형태의 착취로부터 보호받아야 한다.
5. 아동은 자신의 재능을 동료 인류에 대한 봉사에 헌신해야 한다는 의식 속에서 양육돼야 한다.

1999~2006년 5세 이상 14세 이하 아동 노동자의 비율

에티오피아 53%
소말리아 49%
시에라리온 48%
중앙아프리카공화국 47%
캄보디아 45%
니제르 38%
우간다 36%
탄자니아 36%
말리 34%
가나 34%
네팔 31%

카메룬 31%
아프가니스탄 30%
말라위 29%
과테말라 29%
볼리비아 22%
인도 12%

동남부 아프리카 평균 36%
사하라 이남 아프리카 평균 35%
중서부 아프리카 평균 34%
동남아시아 평균 13%

출처 UNICEF, *Progress For Children*(No. 6)

05
우리는 왜 지구의 절반이
굶주리는지 알고 있다

현재 식량 위기의 근본 원인은 농업 생산성의 둔화에 있다.
유엔국제농업개발기금 총재 렌나르트 보예

유엔식량농업기구FAO는 1984년 낭시 세계 농업 생산력을 기준으로 120억 명을 거뜬히 먹어 살릴 수 있다고 했다.
유엔인권위원회 식량특별조사관 장 지글러(2005년 12월 기준 세계 인구는 65억 명)

우리는 비싼 식료품 가격에 익숙해져야 한다.
유엔식량농업기구 로마 지부 부총장 알렉신디 밀러

레티놀

피부 탄력을 증대시키고 피부의 표피세포가 기능을 유지하는 데
중요한 역할을 한다.
1990년대 말 이후 화장품 회사들은 레티놀 함유 화장품을 연이어
출시, 특히 눈가 주름을 개선해준다는 아이크림을 선보여 선풍적인
인기를 끌고 있다.
비타민A1의 다른 이름, 순수비타민A라고도 한다.

비타민A

안구 망막에서 빛을 감지하고 세포와 점막을 유지하는 기능을 한다. 비타민A가 부족하면
처음에는 야맹증 증상이 일어나며, 이러한 상태가 지속되면 각막에 궤양을 비롯한 손상이 생
기고, 장기화될 경우 결국 실명하게 된다.

아프리카, 라틴아메리카 등지에서 수십만 명의 아이들이
시력을 잃는 원인.

비타민A 부족 상태의 장기화 = 영양소 부족 = 식량 부족

마찬가지로 선진국에서는 아예 볼 수 없거나 이미 퇴치된 전염병이
빈곤국에서는 대대적으로 창궐하여 사람들의 목숨을 앗아가는
두 가지 원인.

열악한 위생
열악한 영양 섭취 상태 = 신체 기능 저하와 면역력 약화

줄어들지 않는 절대 빈곤,
살기 위해 먹은 음식 때문에 죽는다

유엔식량농업기구가 2006년 10월 로마에서 발표한 2005년의 지구

10세 미만 아동이 5초에 1명씩 굶어 죽었다.
비타민A 부족으로 3분에 1명씩 시력을 잃었다.
심각한 만성 영양실조 상태인 사람은 8억 5천만 명. 세계 인구의 1/7.
2000년과 비교하면 5년 만에 1,200만 명이나 증가한 수치.
아프리카 인구의 36%는 굶주림에 무방비로 노출되어 있다.

도시 빈민들은 거대한 쓰레기 더미에서 부유층이 먹고 버린
음식물쓰레기로 연명한다.
거시적인 개발정책 때문에 본래 살아온 터전을 잃었거나 글로벌 기업의
플랜테이션의 착취를 견디지 못해 도시로 탈출한 이들.
교육 수준도, 경력도 뒤떨어지는 이들에게 남은 길은 비정상적인
생계활동뿐. 살기 위해 쓰레기통을 뒤져서 먹은 음식물 때문에
질병에 노출된다.

녹색혁명 이후 40년

1950년대에서 1970년대를 지나며 미국을 중심으로 농업 분야에
대대적인 투자가 이루어져 농업 생산량이 몰라보게 향상되었다.
이른바 녹색혁명.
수확성이 좋은 종자의 개발, 관개시설의 확충, 비료와 살충제 개선을
통해 개발도상국의 농업 생산량도 눈부시게 증가했다.
굶주림으로 인한 인류의 고통은 사라지는 듯했다.

그러나 그로부터 40여 년이 흐른 지금,
세계는 또다시 식량난에 부딪혀 제2의 녹색혁명을 갈구하고 있다.

2006년 조사 기준으로 본
5세 미만 아동의 심각한 저체중 – 발육 부진 비율

아프가니스탄 12%~54%	**에티오피아** 11%~47%
부룬디 14%~53%	**수단** 15%~43%
예멘 15%~53%	**방글라데시** 13%~43%
니제르 15%~50%	**차드** 14%~41%
동티모르 15%~49%	**소말리아** 12%~38%
네팔 11%~49%	**말리** 11%~38%
인도 16%~48%	**파키스탄** 13%~37%

출처 UNICEF, *The State of World's Children*(2008)

전 세계 평균으로 보면
10명 중 1명의 아이가 심각한 저체중.
10명 중 3명의 아이는 발육 부진.

인류가 굶주리는 이유는 농업 생산성이 둔화되었기 때문이라는
의견과, 식량은 이미 충분하다는 의견.

어느 쪽이 맞을까?
과연 제2의 녹색혁명은 필요한가?

식량은 많다
그러나 그들이 먹을 것은 없다

필리핀의 인구는 지난 10년간 매년 2.3%씩 증가.
같은 기간 쌀 생산량은 매년 4.4%씩 성장.
식량 생산 증가율이 인구 증가율을 앞질렀지만, 10년 전보다 35%나
많은 사람들이 쌀을 사지 못한다.
세계 주요 작물 가운데 하나인 옥수수의 가격은 향후 10년간,
지난 3년간의 평균 가격보다 15% 이상 오를 것으로 전망되며,
최근 50%에 가까운 수치를 기록하며 폭등한 쌀과 밀의 가격 또한
1~2%씩 오를 것으로 예상된다.

농업 생산성이 향상되었음에도 여전히 사람들이 굶주리는 이유,
식량 가격의 폭등.

미국 시카고에 위치한 국제식량거래소.
이곳에서 소수 곡물상들이 매주 수백만 달러를 벌어들이기 위해
세우는 전략에 따라 전 세계의 식량 가격이 좌지우지된다.
이들은 곡물을 사재기하여 인위적인 품귀 현상을 일으켜 가격을
올리는 한편, 반대로 덤핑 전략을 통해 제3세계 국가조차 고유의
작물보다 '수입작물'이 더 높은 가격 경쟁력을 갖도록 하여 현지
농민들의 자생력을 떨어뜨린다. 그리고 얼마 뒤 거래소에서 '자신들의
계산'으로 농산물 가격을 다시 올리면 이미 농토를 떠난 이들은
굶주림의 길로 들어선다.

vodacom
TELEPHONE SHOP
Express
Keep
TUNAUZA
VOCHA
JUMLA
NA REJARE.
JA
PIA TUNACHA
NA KUPIG
SIMU
SPE

114 : 1

전국의 대학생들을 대상으로 국내 모 기업에서 주관한 국토대장정
프로그램의 지난 11년간 평균 선발 경쟁률.
젊음을 앞세운 도전과 열기를 보여주는 수치.

그리고 또다른 114 : 1.

선진국과 개발도상국의 빈부 차이는
1960년 30 : 1이었던 것이
2002년에 114 : 1로 그 격차가 심화되었다.

2002년 국제연합개발계획에서 발표한 '인간개발보고서'

비정상적인 자원과 자본의 배분.
농업기술의 비약적인 발전과 거대 자본의 투자에도 불구하고 지구
한쪽은 훨씬 부유해지고 그 반대쪽은 말할 수 없이 비참해지는 악순환.

2004년 3월, 수익이 낮은 플랜테이션들이 폐쇄되자
작업장에서 하루 1달러씩이나마 벌던 100만 명의
노동자들이 일자리를 잃었으며, 이중 800명이
다른 방도 없이 굶어 죽었고, 살아남은 사람들은
야생 풀뿌리나 들쥐를 잡아먹으며 연명했다.

인도의 시민단체 '인도 민중 인권 환경 재판소' 소사 설과

114 : 1이 가능한 이유

이런 불균형이 일어나는 이유,
이런 불균형이 심화되는 이유.

욕심과 무관심.
우리는 과도한, 그리고 부당한 욕심을 부리면서 타인에 대한 관심을
잊었다.

우리가 양심의 가책 없이 음식물을 쓰레기통에 버리는 동안에도,
작물을 재배하는 어느 빈곤국의 농부는 종자를 구입하기 위해
대출받은 돈의 이자를 감당하지 못해 스스로 목숨을 끊고,
제3세계의 환경과 노동으로부터 얻은 작물로 장사를 하는
선진국의 자본가들은 수단과 방법을 가리지 않고 오로지
'최저 가격'에 작물을 사들이고 있다.

우리가 저렴한 작물 가격이 농업기술의 발달 덕분이 아니라
지구 저편의 사람들과 자연의 희생의 대가라는 것을 모른 채 마구
소비하는 동안에도, 다국적기업의 개발이 한바탕 휩쓸고 지나가
폐허가 된 땅에서 어떤 부모는 딸이 매춘을 한다는 사실을
알면서도 생계 때문에 묵인하고 있다.

녹색혁명에 전 세계가 환호한 지 반세기,
세계의 절반은 여전히 굶주리고 있다.

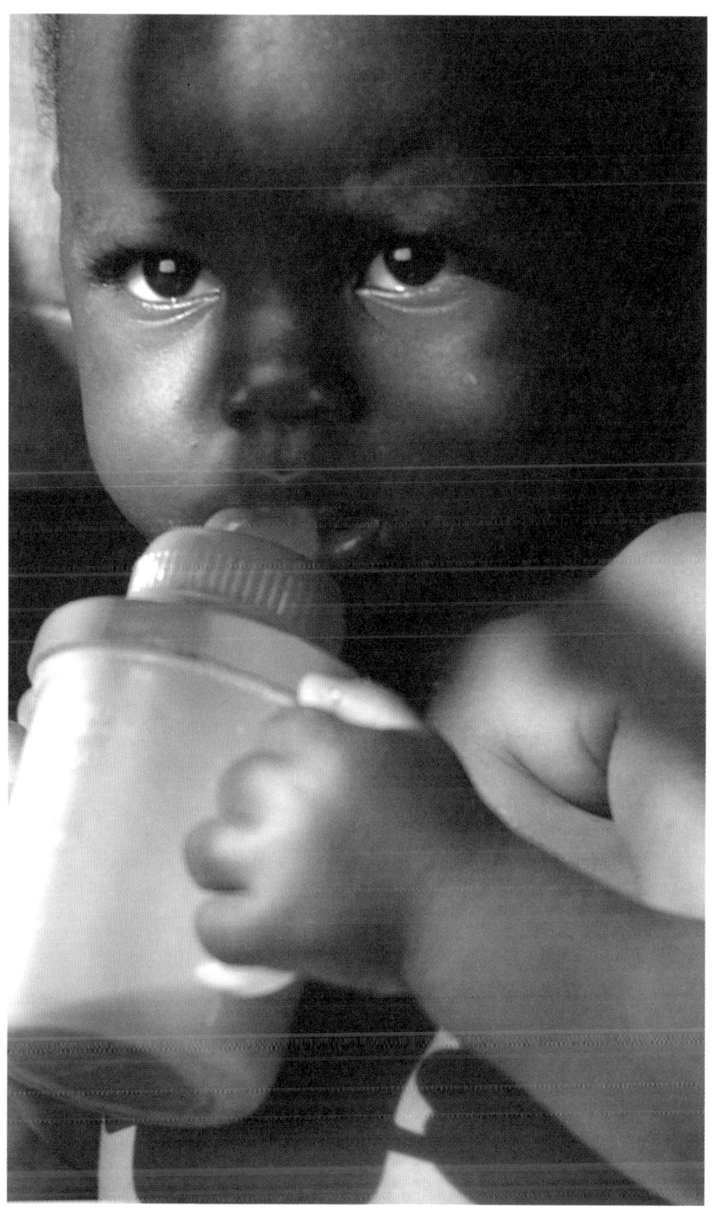

그라민 은행

CENTRAL
1
J196005253 C
grameen
VIVA
EL BANCO
DEL POBRE
50
2,000,000
poor clients
VIVA
La Huelga
de Hambre
PEQUENOS
PRESTATARIOS
y UNIDADES

방글라데시의 신데렐라

방글라데시의 어느 마을에 가난한 여자가 아이들을 키우며 살고 있었습니다.
적은 돈이라도 벌기 위해 열심히 일했지만, 가난의 굴레는 좀처럼
벗어지지 않았습니다.

그러던 어느 날 그녀 앞에 한 남자가 나타났습니다.

남자는 여자에게 무언가를 제안했습니다.
여자는 그 제안을 받아들이고 노력한 결과, 끼니 걱정에서 벗어나고
아이들도 학교에 보낼 수 있었습니다. 그리고 학교에서 글을 배운
딸의 도움을 받아 집 벽에 이렇게 적었습니다.

할 수 있다고 생각하면, 해낼 것이다.
할 수 없다고 생각하면, 반드시 그렇게 될 것이다.
페터 슈피겔, 『가난 없는 세상을 꿈꾸는 은행가』(홍이정 옮김, 좋은책만들기, 2007)

남자가 제안한 것은 무엇일까요?
그리고 가난한 여자 앞에 나타난 이 남자는 누구일까요?

무하마드 유누스

방글라데시 치타공 대학교에서 경제학을 가르치던 그는
1973년 20달러도 되지 않는 돈 때문에 고리대금업자의 횡포에
시달리던 빈민들에게 자신의 돈을 빌려주었다. (당시 담보도, 신용도
없어 일반 은행에서 돈을 빌릴 수 없었던 마을 사람들이 궁여지책으로
고리대금업자에게 돈을 빌려 갚아야 했던 이자는 일주일에 10%,
1년이면 14,200%.)

이것이 바로 빈곤한 이들을 도울 수 있는 획기적이고 새로운 방안,
무담보 소액 대출microcredit의 시작이었다.

그는 여기서 그치지 않고 은행에서 대출을 받아 빈민들에게
담보 없이 적은 금액을 대출해주는 이른바, 그라민 은행 프로젝트
Grameen Bank Project를 1976년부터 실험했다.
(방글라데시어로 그라민은 '시골' '마을'을 뜻함.)

그로부터 3년 뒤, 프로젝트의 결과는 성공적이었다.
500여 가구가 절대 빈곤에서 벗어난 것이다.
용기를 얻은 유누스는 1983년 그라민 은행을 법인으로 설립하고,
가난에 허덕이는 사람들에게 150달러가량의 소액을 담보 없이
빌려주는 일을 계속했다.

가난한 어머니는 뛰어난 경영자

그라민 은행의 설립자이자 총재인 무하마드 유누스는 이렇게 말한다.
하루 1달러만으로 온 가족의 생계를 책임지는 여성들보다 더 뛰어난
경영자가 있겠느냐고.
자녀들에게 더 나은 생활 환경을 제공해주기 위한 그녀들의 의지에
약간의 도움만 보태진다면 상황은 훨씬 좋아질 것을 믿는다고.
그리고 이러한 좋은 일들이 전 세계로 확산된다면 언젠가
빈곤은 사라지게 될 거라고.

©Samah Mahmood

그가 믿음을 실현하기 위해 대출자들에게 일러준
'빈곤에서 벗어나기 위한 지침',
그라민 은행 대출자가 지켜야 할 16계명.

1. 그라민의 4개 모토인 훈련, 단합, 용기, 근면을 잘 지킨다.

2. 가족을 부유하게 한다.

3. 망가진 집에서 살지 않고, 집을 수리하거나 새집을 짓는다.

4. 1년 내내 야채를 재배해 최대한 많이 먹고 남는 것을 판다.

5. 경작시기에는 되도록 씨를 많이 심는다.

6. 아이를 많이 낳지 않고 비용을 최대한 줄이며 건강을 잘 돌본다.

7. 아이들을 교육시킨다.

8. 아이들과 집 주변을 언제나 깨끗이 한다.

9. 화장실을 지어 사용한다.

10. 펌프로 물을 마시거나 물을 끓어 먹는다.

11. 지참금을 받거나 주지 않는다.

12. 부당한 일을 하거나 당하지 않는다.

13. 언제나 수입을 늘리기 위해 투자를 아끼지 않는다.

14. 언제나 남을 돕는다.

15. 만약 다른 모임에 어려움이 있을 때 회복을 돕는다.

16. 운동을 하고 사회활동에 참여한다.

그리고 2006년,
2,000개가 넘는 지점에 20,000여 명의 직원이 일하는
그라민 은행의 대출 자본 회수율은 99%.
350만 명이 빈곤에서 벗어났다.

그라민 은행에서 시작된 마이크로크레디트 운동,
빈곤한 이들이 작은 도움으로 더 나은 삶을 꾸려갈 수 있다는 믿음과
가난 때문에 일어나는 슬프고 분한 일들이 없어지길 바라는 소망은
전 세계로 퍼지고 있다.

• 한국을 비롯해 아프가니스탄, 카메룬 등 37개국에서 마이크로크레디트
운동이 벌어지고 있다.
• 1997년 미국 워싱턴에서 열린 마이크로크레디트 정상회의에는 139개국이
참가했다.
• UN은 2005년을 '마이크로크레디트의 해'로 선정했다.
• 유누스는 사회적 약자의 경제적, 사회적 발전을 이끌어낸 공로로 2006년
노벨평화상을 공동 수상했다.

그리고 영역을 넓히다.

그라민 폰 빈민층에 제공하는 이동전화 서비스.
그라민 샥티 전력 공급이 어려운 농촌에 전기 공급.
그라민 다농 프랑스 유제품 기업 '다농'과 제휴하여 유제품 생산, 가난한 환경에서
자라는 아이들에게 싼값에 제공.

오늘, 한국의 그라민

남편과 사별한 후 생계를 위해 방문 육아, 산모 도우미 등
온갖 일에 뛰어들었지만 아이들을 가르치고 미래를 대비하기에는
역부족이었던 어머니가 있었다. 시장에 곱창을 납품하는 동생을
보고 곱창 전문점을 차려볼까 생각도 했지만 문제는 창업자금.
도움을 찾아헤매다 그녀가 찾은 곳은 사회연대은행.
무담보로 대출을 받은 그녀는 곱창 전문점을 열어 성공적인 운영을
하고 있으며, 공중파 TV의 요리 프로그램에도 출연하여 실력을 선보였다.

1989년, 가난에서 빨리 벗어나기 위해 26세의 나이로 괌으로 파견 간
중장비기사는 현지 도착 사흘 만에 말라리아에 걸려 귀국한 지
3개월 뒤 시력을 잃었다. 더이상 일을 할 수 없게 되어 자살 기도를
수차례. 하지만 이제 중년이 된 그는 사회연대은행의 창업 지원을
받아 안마원을 운영하고 있고, 매출의 1%를 사회연대은행에
기부하고 있다.

2001년부터 7년간 사회연대은행을 통해 새로운 내일을 찾은 이들은
1,000여 명. 아직 미미하다면 미미한 수준이지만 한국에서도
제2, 제3의 그라민 은행들이 가난한 이들의 꿈을 실현하는 데
꾸준히 힘을 보태고 있다.

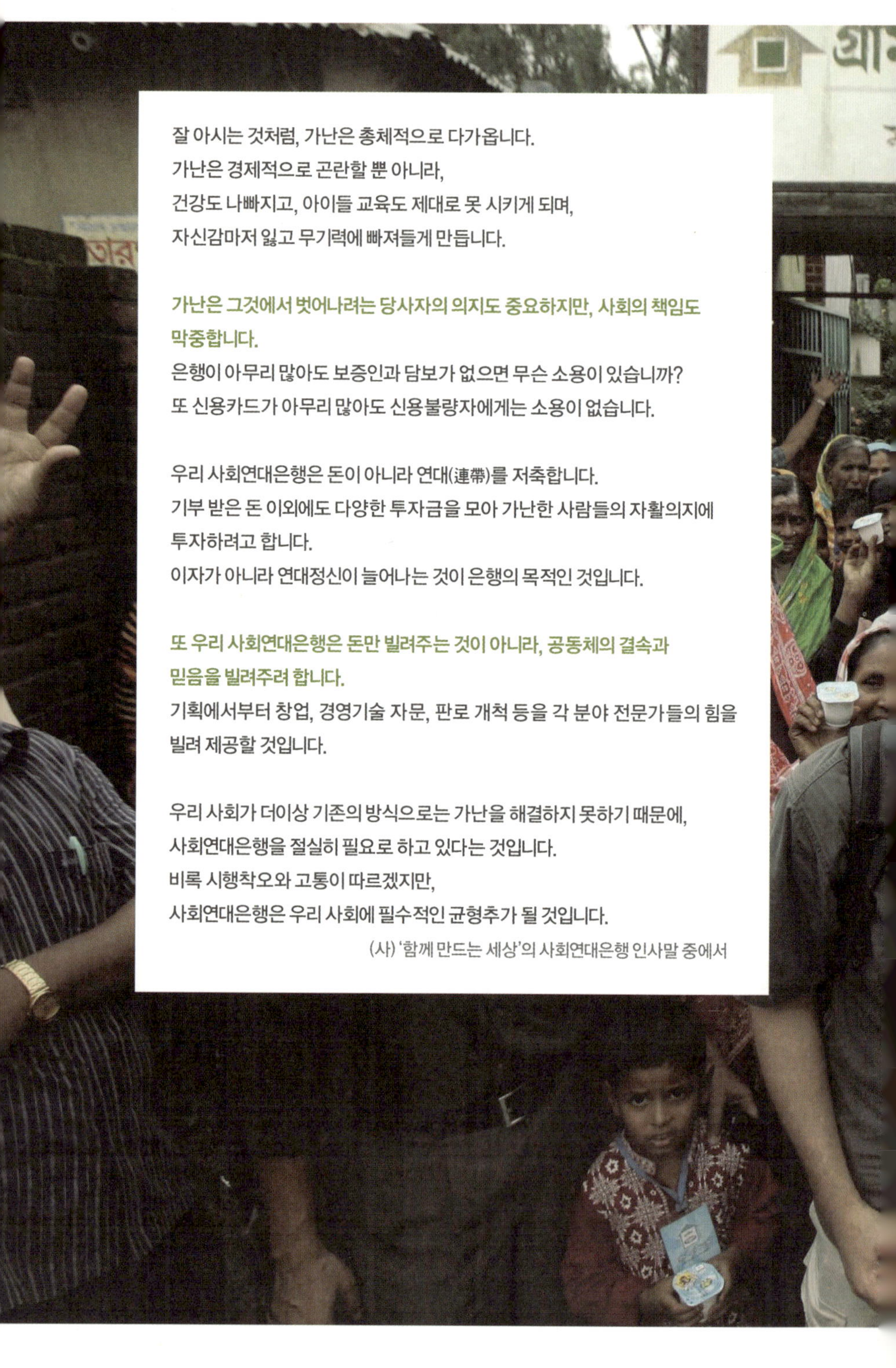

잘 아시는 것처럼, 가난은 총체적으로 다가옵니다.
가난은 경제적으로 곤란할 뿐 아니라,
건강도 나빠지고, 아이들 교육도 제대로 못 시키게 되며,
자신감마저 잃고 무기력에 빠져들게 만듭니다.

가난은 그것에서 벗어나려는 당사자의 의지도 중요하지만, 사회의 책임도
막중합니다.
은행이 아무리 많아도 보증인과 담보가 없으면 무슨 소용이 있습니까?
또 신용카드가 아무리 많아도 신용불량자에게는 소용이 없습니다.

우리 사회연대은행은 돈이 아니라 연대(連帶)를 저축합니다.
기부 받은 돈 이외에도 다양한 투자금을 모아 가난한 사람들의 자활의지에
투자하려고 합니다.
이자가 아니라 연대정신이 늘어나는 것이 은행의 목적인 것입니다.

또 우리 사회연대은행은 돈만 빌려주는 것이 아니라, 공동체의 결속과
믿음을 빌려주려 합니다.
기획에서부터 창업, 경영기술 자문, 판로 개척 등을 각 분야 전문가들의 힘을
빌려 제공할 것입니다.

우리 사회가 더이상 기존의 방식으로는 가난을 해결하지 못하기 때문에,
사회연대은행을 절실히 필요로 하고 있다는 것입니다.
비록 시행착오와 고통이 따르겠지만,
사회연대은행은 우리 사회에 필수적인 균형추가 될 것입니다.

(사) '함께 만드는 세상'의 사회연대은행 인사말 중에서

07

국경 없는 의사회

2007년 기준 24,348명 활동.
활동 무대는 전 세계.

이들은 바로
국경 없는 의사회

본래 명칭 Medecins Sans Frontieres
영어 명칭 Doctors Without Borders
약어 **MSF**

자연재해나 분쟁으로 막대한 피해가 발생한 곳으로 가
응급구호 활동을 펼치며,
10센트짜리 약이 없어 죽어가는 이들에게
의료 서비스를 제공하는 단체.

1968년 나이지리아, 비아프라 내전

영국으로부터 막 독립한 나이지리아에서는
해묵은 종족 간, 지역 간 갈등이 곳곳에서 폭발했다.

동부 지역에 사는 이보부족의 지도자는 '비아프라'라는 나라를
만들어 독립을 선언했고, 나이지리아 정부는 비아프라에 대대적인
공격을 퍼붓고 식량 공급을 중단했다.

'비아프라 내전'이라 불리는 이 사건은 2년 6개월간 지속,
200만 명의 민간인과 군인들이 죽거나 다쳤고,
수많은 사람들이 집을 잃고 굶주렸다.

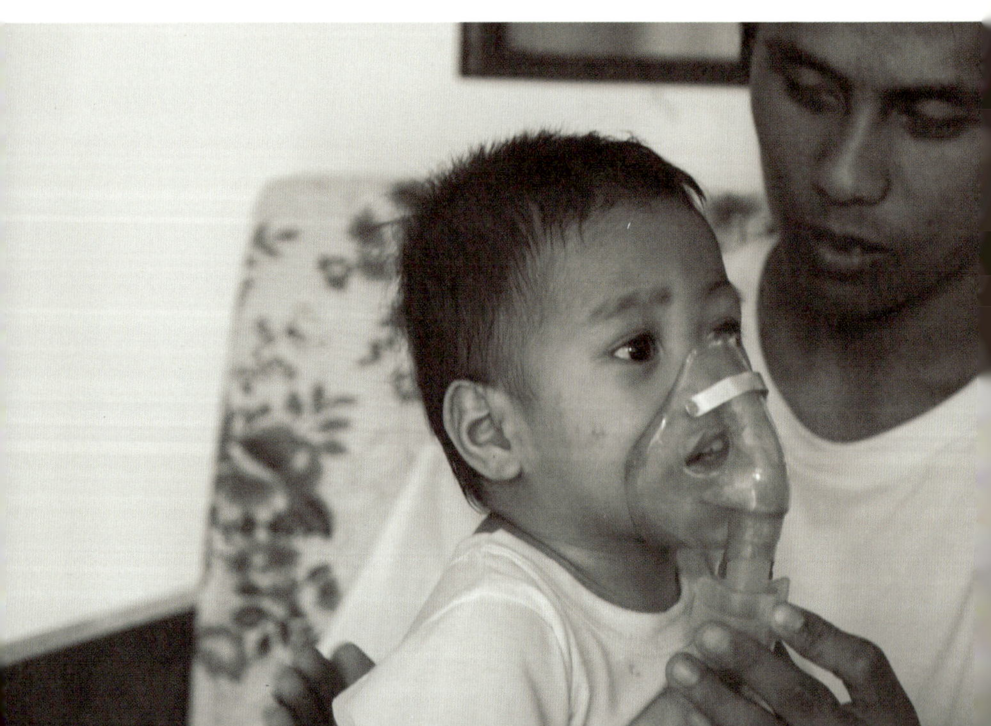

약속을 어긴 젊은 의사

이때 비아프라의 적십자 병원에 자원봉사를 하러 온 프랑스의
젊은 의사들. 그들은 수십만 명의 아이들이 영양실조로 죽어가는
장면에 충격을 받는다.

긴급의료 구호활동을 펼치기 위해서는 대상 국가의 어느 편에도
속하지 않고 중립을 지키겠다는 약속을 해야만 입국이 허락되었다.
이 젊은 의사들도 중립의 약속을 했다.

하지만 그들 중 한 명은 약속을 어겼다.

베르나르 쿠슈네르.
현지에서 느낀 분노와 좌절을 세상에 알리기로 결심한 그는 독립을
요구하는 목소리를 잠재운다는 목적 하나로 노인, 아이 할 것 없이
무차별적인 공격을 가하고 비아프라 전 지역에 식량 공급을 중단한
나이지리아 정부의 잔인함을 공개적으로 비난하며 파리에서 조직을
결성, 뜻을 같이하는 친구들과 의료자원봉사 모임을 만들었다.

이것이 바로 지금 온 지구에서 2만 명이 넘게 활동하는
'국경 없는 의사회'의 탄생이다.

국경 없는 의사회

1971년 12월 정식 출범,
1972년 지진으로 폐허가 된 니카라과의 마나과 시를 시작으로
내전이 발생한 베이루트,
소련의 침공을 받은 아프가니스탄,
1차 이라크 전쟁으로 피폐해진 쿠르디스탄,
인종 갈등으로 전쟁이 발발한 발칸반도,
부족 간 대학살이 발생한 르완다,
쓰나미가 덮친 동남아시아 등에서
'국경 없는' 활동을 지속.
1999년 노벨평화상을 수상하게 된다.

"오늘 이 특별한 영광을 수상하면서 노벨상 위원회가
지구촌 곳곳에서 이뤄지고 있는 인도주의 구호활동의
권리를 확인시켜주었다는 점에 감사를 표합니다.
또한 MSF가 선택한 길이 옳은 것이었음을 믿어주신
것도 감사합니다. 그 길은 다름 아닌 불의를 고발하는 데
주저하지 않고 열정을 다하며 아울러 자발성과 공명성
등 MSF의 핵심 원칙은 물론, 모든 사람이 치료받고
인간으로서 존중받을 권리가 있다는 우리의 믿음에
헌신하는 것입니다."

제임스 오르빈스키, 1999년 당시 국경 없는 의사회 회장

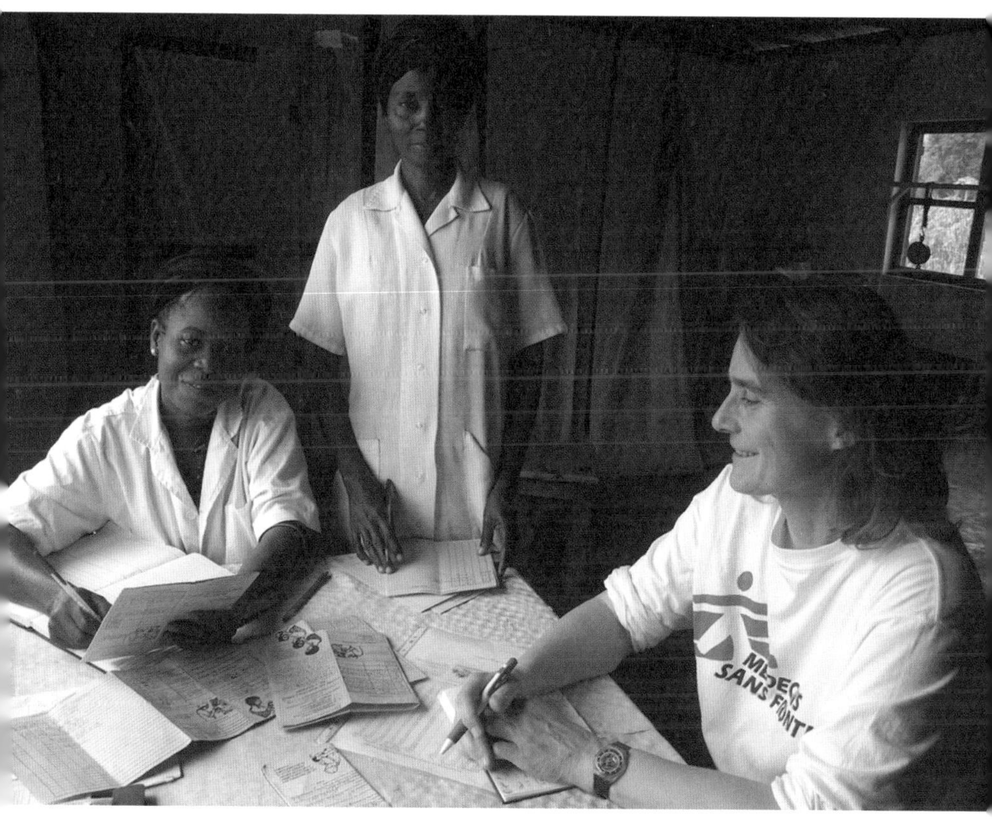

믿음에 헌신하기 위해 필요한 것

매년 180만 명의 아이들이 불결한 환경 속에서 죽어가고 있고,
전염병으로 투병하는 사람들의 90% 이상이 개발도상국에 살고 있다.

병든 이들에게 줄 약을 사기 위한 돈,
약을 운송하는 데 드는 돈, 치료장소를 마련하기 위한 돈,
각종 의료장비를 구입하고 관리하는 데 드는 돈,
활동하는 이들의 체재비 등등.

아무리 좋은 뜻과 목적을 가지고 일을 하려고 해도
그 뜻을 자유롭게 펼치기 위해서는 자금이 필요하다.

'국경 없는 의사회'의 한 해 예산은 약 4억 달러.
이 금액의 20% 정도는 UN이나 각국 정부로부터 지원받고,
나머지 80%는 개인들의 기부이다.

설립 초반에는 UN과 각국 정부로부터 많은 지원을 받았지만,
구호과정에서 조금이라도 돈이 낭비되지 않도록 노력했고
저임금 또는 무상으로 일하는 많은 사람들의 도움 덕분에
지금의 재정구조를 유지하고 있다.

재정적으로 자유로워진다는 것은,
활동영역과 의사 결정의 범위도 그만큼 자유로워진다는 것.
재정적인 독립을 확보한 그들은 '무조건 중립'을 지켜야 할 필요 없이
잘못된 일에 분노하고 약한 자의 손을 들어줄 수 있게 되었다.

© Ingvild Rugstad Børke

종로에서 만난 '경계 없는 의사회'
인도주의실천의사협의회

서울시 종로구 이화동 26-1번지 3층,
인도주의실천의사협의회 본부.

국경 없는 의사회가 국경을 넘나들며 인도주의를 실현하는 의료활동을
펼친다면, 인도주의실천의사협의회는 '의료 혜택을 받을 수 있는
경계'의 바깥에 있는 사람들에게 경계 없는 의료활동을 펼친다.

1987년 발족한 이 의사들의 모임은 군부 독재를 비판하고
사회 민주화를 외치며 국민 건강권 확보, 소외된 이들을 위한 의료봉사,
양심적인 학술운동을 표방했다. 당시 의료계 내부에서조차
'유난스럽다' '너희들만 양심이 있느냐'며 곱게 보지 않았다.

1988년 상봉동 연탄공장 주민들의 진폐증 조사, 같은 해 수은공장에서
일한 지 두 달 만에 수은 중독으로 사망한 문송면군 사건 이슈화,
그리고 매년 수해지역을 찾아다니며 활동하는 사이,
187명의 회원으로 시작한 인도주의실천의사협의회는 1990년대에 들어
1,100여 명으로 회원 수가 늘었다. 1990년대 후반부터는
외국인 노동자와 장애인, 그리고 노숙자를 위한 진료소를 만들어
사회 경계 밖에 있는 이들을 위한 의료봉사 활동을 펼치고 있다.

그들은 말한다.
"건강할 권리를 박탈당한 사람, 소외된 사람이 있는 곳이면
구치소든 지하철역이든 가리지 않는다."

우리 사회는 국민 개개인의 건강권이 제대로 지켜지지
못하고 있습니다. 이러한 상황에 직면하여 우리는 우리의
의사됨이 과연 무엇을 뜻하는지 새삼 생각해봐야겠습니다.
두말할 나위도 없이 국민들의 건강을 지키는 양심의
보루가 되는 것이야말로 우리의 소명이며 존재 이유입니다.
우리가 이 사회의 믿음을 저버릴 수 없다는 소박한 믿음은
어느 의사 한둘의 것이 아니라 모든 의사들이 마음속 깊이
나누어 가지는 것임이 분명합니다.

인도주의실천의사협의회

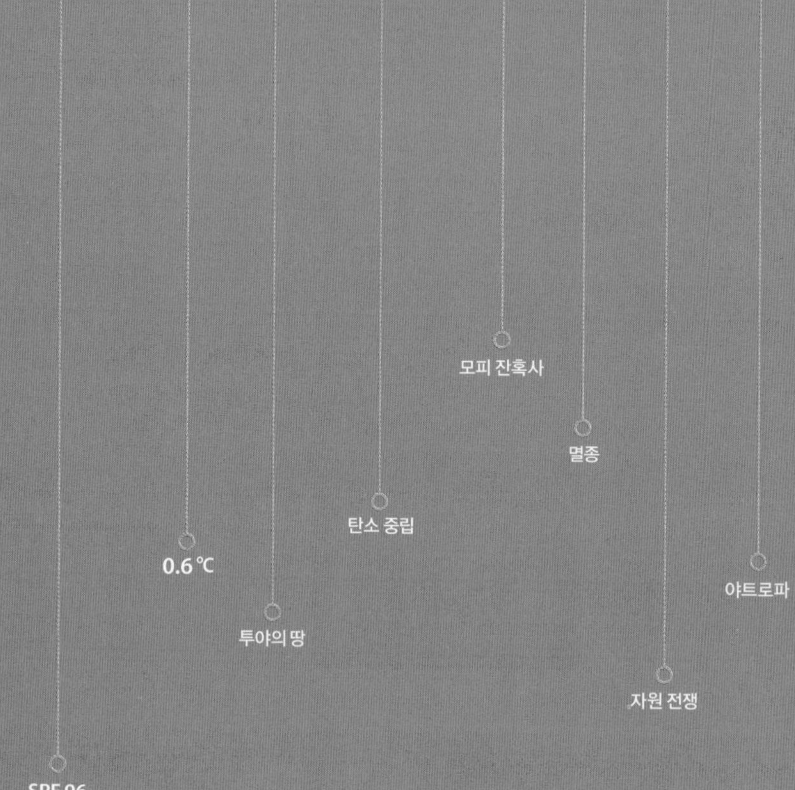

RECOVERing

돌이킬 수 없지만 회복할 수 있는 일들

08
SPF 96

주로 노년층에서 발생하는 것으로 알려진 피부암이
젊은 층으로 급속히 퍼지고 있다.

당신의 피부는 안녕하십니까?

1995 년 **27** 명
2005 년 **103** 명

대한피부과학회가 전국 20개 대학병원을 대상으로 조사한
20~30대 피부암 환자의 수.

주로 노년층에서 발생하는 것으로 알려진 피부암이
젊은 층으로 급속히 퍼지고 있다.

오스트레일리아

광활한 대륙이자 환상의 섬.
아름다운 해변과 신나는 사막 여행코스.
캥거루와 왈라비가 뛰어다니고 코알라가 나무를 기어오르는 자연.
하얀 지붕 위로 석양빛을 가득 담은 오페라하우스.
여유롭게 산책을 즐기는 사람들.

그런데,
사람들은 사시사철 선글라스를 끼고 있다.

그 이유는?

오스트레일리아의 백내장 발생률 세계 1위.
오스트레일리아의 피부암 발생률 세계 1위.

다채로운 자연과 귀여운 동물들의 천국으로 알려진 그곳에서
왜 이런 일이 벌어졌을까?

이것 = 대기중의 산소 + 태양의 자외선

산소 원자(O) 2개로 이루어진 분자(O_2) 형태로 존재하던 산소는
자외선 에너지에 의해 반응성이 높은 산소 원자(O)로 분해된다.
이렇게 분해되어 둥둥 떠다니던 O가 O_2와 결합하여 만들어지는 것이
O_3, 즉 오존이다.

이 오존은 대기중에서도 10~50km인 성층권,
그중에서도 약 20~30km의 상공에 주로 분포한다.
우리는 이것을 오존층이라고 부르며,
오존층은 300nm 이하의 짧은 파장인 자외선을 흡수하여
생물의 세포 분자가 파괴되는 것을 막는다.

SPF 96

시중에서 판매되는 선크림의 자외선 차단지수는 SPF 15, 21, 38 등…
이 숫자는 자외선B*를 얼마나 오랫동안 차단하느냐를 나타내는데,
SPF 1이면 15분간 차단한다는 뜻이다.

*자외선은 그 파장에 따라 자외선A, 자외선B, 자외선C로 나뉘는데
특히 자외선B는 피부에 유해하다고 알려져 있다.

1시간은 60분,
24시간은 1,440분.
하루 종일 자외선B를 차단하려면 1,440/15 = 96,
이제 SPF 96이 필요한 시대가 다가오고 있다.

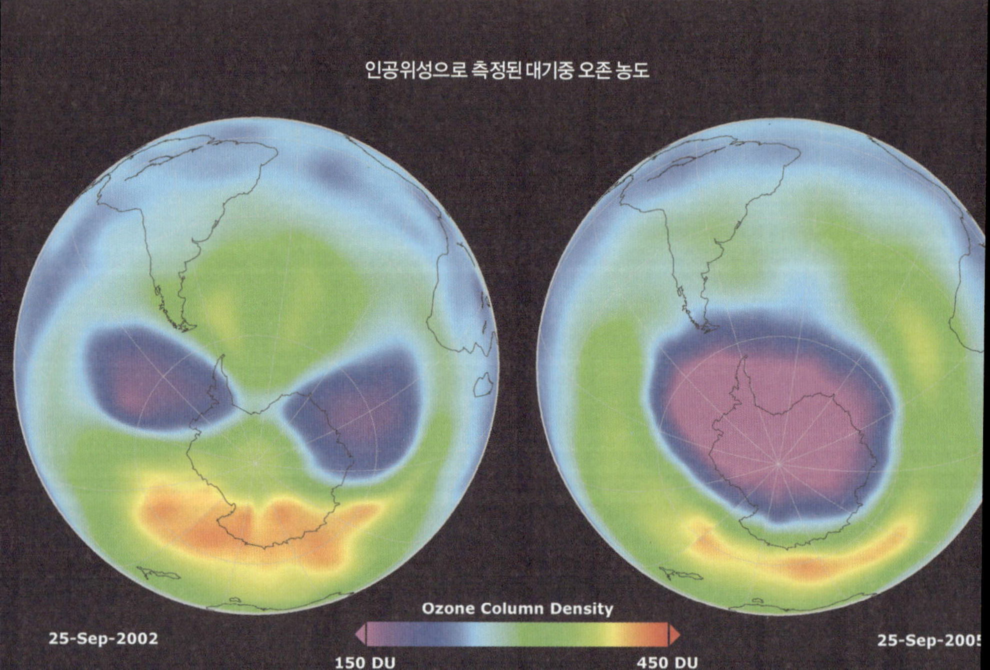

인공위성으로 측정된 대기중 오존 농도

다량의 강력한 자외선이 지속적으로 피부에 닿으면
세포 내의 DNA 구조를 교란, 피부암의 주요 원인이 된다.
오존량이 10% 감소할 때마다 백인의 경우 피부암 발병률은
26% 증가할 것으로 추정된다.

실제로 북위 45도에 살고 있는 사람들의 경우
1979년부터 약 13년 동안 오존이 6.6% 감소한 사이,
비악성피부암 발병률은 11% 증가,
악성피부암 발병률은 6.6% 증가.

각종 세포들도 자외선 앞에 무력하다.
피부 탄력을 유지시키는 콜라겐과 엘라스틴이 파괴되면서
노화가 촉진되고, 면역세포 역시 파괴되어 인체는
말라리아와 같은 질병에 대항할 수 없게 된다.

자외선의 자극 때문에 눈의 수정체가 흐려져
시력장애를 일으키는 백내장이 발병하기도 한다.

자외선에 영향을 받는 것은 사람뿐 아니라
모든 생물이며,
건축 자재가 부식되고 나일론의 강도가 약화되는 등
존재하는 모든 것이 파괴될 수 있다.

오존층 파괴의 원인 : 냉동과 분사

1985년 이후 남극 상공의 오존층은 매년 30~40%씩 감소.
그렇게 해서 생긴 구멍인 오존홀은 연간 4%씩 확장되고 있다.

인체, 생물체, 그리고 무생물까지 지구상의 모든 것을 약하게 만드는
자외선.
적정량이 지표에 도달하도록 자외선을 흡수해주던 오존층은
왜 갑자기 파괴되고 있는가?

주범, 프레온가스.
화학명 염화플루오르화탄소CFCs
주로 냉동제, 분사제 등으로 이용.
공기중으로 분출된 프레온가스는 CFCs의 분자 상태를 유지한 채
성층권까지 올라간다.
그리고 자외선과의 만남.
강력한 에너지에 분해되면서 염소 원자(Cl)가 생성.
염소 원자(Cl)는 산소 원자 세 개가 간신히 묶여 있는
오존(O_3)을 간단하게 파괴하는데,
프레온가스 분자 하나가 10만 개의 오존 분자를 파괴한다.

그리고 공범, 할론가스.
오존층 파괴 불실로 밝혀지면서 죄근 규제 대상이 됐다.
잘 연소되지 않는 성질로 소화기의 재료로 사용된다.
프레온가스와 비슷한 물질로,
염소 대신 브롬(Br)이 오존층을 파괴하는 역할을 하는데,
할론 분자 하나는 100만 개의 오존 분자를 파괴한다.

하지만 이들 물질을 전혀 사용하지 않고는
현재의 생활을 유지하기 어렵다.
대체 물질로 쓰고 있는 수소화염화불화탄소HCFC.
1990년대부터 냉매, 단열재 등으로 사용되고 있는데,
프레온가스와 할론가스보다 '비교적 적을 뿐'
이것 역시 오존 분자를 파괴한다.

몬트리올 의정서, 그후 20년

1989년 1월, 오존층 파괴에 따른 문제가 심각해지자
UN에서는 오존층 파괴 물질을 규제하는 국제 협약을 채택했다.

지난 2007년 9월, 캐나다.
몬트리올 의정서 채택 20주년을 맞아 개최된
'제19차 몬트리올 당사국 총회'.

참가국들은 HCFC의 전폐까지 합의한다.
선진국은 2030년,
개발도상국은 2040년까지.

앞으로 얼마 남지 않은 시간,
새로운 냉매·분사제의 기술은 얼마나 발전할 수 있을까?

기술이 발전하더라도 지금만큼의 편리를 누리지 못한다면,
당장이 아닌 내일의 세상을 내다보며
눈앞이 아닌 더 넓은 세상을 바라보며
우리는 인내하고 양보할 수 있을까?

09
0.6℃

북극곰이 땅을 판다

하얀 눈밭 위에 새하얗고 보송보송한 털을 뽐내며
어슬렁거리던 북극곰들이 땅을 파고 있다.

미국 지질연구소가 발표한 보고서에 따르면
빙하가 아닌 육지에 터를 잡는 어미 북극곰의 개체 수가
급격히 늘어났단다.
1994년까지만 하더라도 62%의 어미곰이 빙산에 살았는데
10년이 지난 2004년에는 그 비율이 37%까지 감소.

그 이유는?
바로 **0.6**의 차이.

인도, 50℃와 939.79mm

지난 2003년 6월 인도는 최고 기온 섭씨 50℃를 기록했다.
엄청난 더위에 1,400명 이상이 사망한 것으로 추정된다.

그리고 2년 뒤인 2005년 7월 26일,
인도에서 가장 현대화된 도시 뭄바이에
전대미문의 폭우가 내려 24시간 만에 도시 전체가
939.79mm의 물에 잠긴다.

문명의 첨단기술도, 도시의 재해대책도
자연의 변덕 앞에선 속수무책.

그 근본적인 원인은?
바로 0.6의 차이.

섬이 줄어들고 있다

지상낙원이라 불리는 태평양의 섬들,
언제부턴가 이 섬들이 줄어들고 있다.

감당할 수 없는 비가 시도 때도 없이 내리기 시작하면서
물이 찰 때는 커다란 파도가 마을을 덮치고,
물이 빠질 때는 마을의 흙을 잔뜩 쓸고 간다.
섬의 곳곳이 조금씩 줄어들고 있다.
이런 현상이 지속되면 섬의 개수도 하나 둘씩 줄어들 것이다.

1981년에 제가 기상청에서 일하기 시작할 때만 해도
그렇지 않았어요.
대개 2월에만 그런 현상을 볼 수 있었지요.
지금은 거의 반년 동안 그런 일이 벌어지고 있습니다.

마크 라이너스, 『지구의 미래로 떠난 여행』(이한중 옮김, 돌베개, 2006)

그 이유는?
바로 0.6의 차이.

2005년 세계 음반시장에서 한국 음반의 점유율을 %로 표시한 수치.
고기 1근을 kg 단위로 환산한 수치.
우리 몸의 피부 중 가장 얇은 눈가의 피부 두께를 mm로 표시한 수치.
펭귄이 똥을 눌 때 항문의 최대 기압 추정치를 atm으로 계산한 수치.

그리고,
지난 100여 년간 상승한 지구의 연평균 온도.

0.6℃ 상승에 따라
스위스 산지의 빙하는 1/3 감소.
북반구의 극지방은 1960년대 이후 눈 두께가 10% 감소.
평균 해수면 10~20cm 상승.
2004년 폭우가 빈발한 방글라데시 전 국토의 60% 침수.

피해는 도시에서 멀리 떨어진 자연이나 개발도상국에 그치지 않는다.

미국에서는 1995년 한 해에만 19개의 폭풍이 발생,
이는 예년의 2배 수준.
11개가 허리케인이었고, 이중 5개는 '초강력급'.
이후에도 멈추지 않고 계속되는 허리케인의 연속 공격.
그로부터 10년 뒤인 2005년.
1,500명의 사망자와 800억 달러의 피해를 낳은
허리케인 카트리나 발생.

우리가 살아온 환경이 급격히 변하고 있다.
묵묵히 지켜만 보던 자연이 반격을 시작했다.

폐로 호흡하는 포유류의 일종.

먼 옛날 마찰력을 이용하여 스스로 불을 일으켰고,
근대에 와서는 석탄과 석유 등으로 폭발적인 에너지를 창출,
다른 동물과 달리 문자와 도구를 사용하며 '문명사회'를 영위하고 있다.

그리고 바로 그들의 문명활동이 지구의 온도를 점차 높이는,
지구온난화의 원인이 되고 있다.

약 50억 년 전에 형성 시작된 것으로 추정.
물질 분포가 균일한 구에서 점차 진화,
내부 압력의 복잡한 분포와 규산염 물질의 분포로
맨틀 상부가 부분적으로 융해되기까지 1억 년이 소요.

현재 생물들이 뿌리를 내리고 살아가는 지각이 생긴 것은
그로부터 15억 년 뒤인 것으로 추정.
그 뒤로 35억 년이 지나서야 원시인간이 탄생한 것으로 추정.

인간과는 상관없이 존재해온 행성.
해수면 상승으로 도시가 물에 잠기고
급변하는 기온의 균형을 맞추기 위해 거대한 돌풍이 불어와도
지구에게는 아무런 고통이 아니다.
인간의 문제일 뿐.

이산화탄소 | 二酸化炭素 | carbon dioxide

생물이 호흡하거나 발효될 때,
탄소나 그 화합물이 완전연소할 때 발생하는 기체.
지구를 감싼 대기의 약 0.03% 차지.
태양으로부터 받은 열을 묶어두어 생물체가 살기 좋은
기온을 유지해주는 지구의 이불.

적정한 두께를 넘어선 이불은 몸을 짓누른다.
이산화탄소가 적정량을 초과하면
지구는 태양의 열을 지나치게 보유하게 된다.

빙하 속에 얼어 있는 공깃방울로 지난 1,000년 동안의 연평균 기온을
측정한 결과 몇 차례 이상고온 현상이 나타나기도 했으나
그 정도는 현재의 1/3 수준이며
1~5년 이내에 다시 정상치로 돌아가 원래의 주기를 회복했다.

그러나 1950년대 이후 지금까지
지난 1,000년간 본 적 없는, 지속적이고 가속적인 온도 상승은
정상 주기로 돌아갈 기미를 보이지 않는다.

지구가 데워지는 것은 '덥다'는 문제에서 끝나지 않는다.
높아진 온도에 빙하가 녹아 생태계가 파괴되고 해수면이
상승하는 것은 당연지사.
더운 공기는 가볍고 불안정하며 많은 수증기를 머금게 되고,
지구 곳곳에 예측할 수 없는 폭우와 강풍을 일으킨다.
그리고 다른 한쪽에서는 토양의 수분이 과다 증발되어 가뭄이 생긴다.

©Benjamin Heine

지구온난화, 반드시 지금 움직여야 한다!

경제, 군사, 외교, 인권…
갖가지 문제들이 산더미같이 쌓여 있는 현실.

미래 세대는 분명 지금보다 더 풍요로운 세상에서
더 발전된 기술을 갖고 살 텐데,
고작 100년 사이에 0.6℃ 상승한 지구온난화를 늦추기 위해
현재의 시간과 자원과 노력을 투자할 필요가 있을까?

인류가 지금의 생활방식을 고수한다면 지난 100여 년간의
온도 상승보다 훨씬 빠른 속도로 온난화가 진행될 것이다.
1987년 전 세계 기후학자들이 만든 미래기후 예측에 따르면,
다음 한 세기 동안 지구 연평균 기온은 최소 0.6℃에서
최고 8℃까지 추가 상승.

그리고 이미 지난 한 세기 동안 상승한 0.6℃의 대가.
각종 기상이변으로 인한 피해.
전염병 매개체의 서식영역 확대와 신종 바이러스의 출현.
'만년빙'이라고 불리던 빙하들이 속속 녹거나 무너지는 상황에서
언제 침수될지 모르는 도시들.

온난화의 속도를 늦추는 시간을 미루면 미룰수록
비용은 늘어난다. 지금, 우리의 선택은?

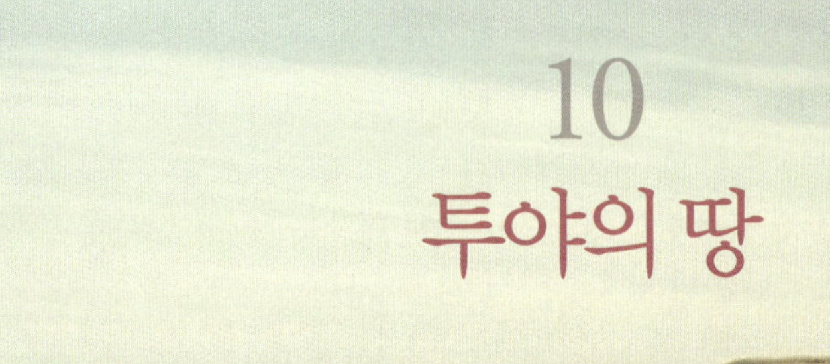

10
투야의 땅

투야

제57회 베를린 국제영화제 금곰상을 수상했던 영화 〈투야의 결혼〉의 주인공.

그녀의 남편은 가족들이 마실 물을 찾아 우물을 파다가 그만 다리를 심하게 다친다.
혼자 양을 기르고, 먼 곳에서 물을 길어오고, 가족을 돌보며 힘겨운 하루하루를
보내는 투야. 그녀마저 허리를 크게 다치자 남편은 투야에게 자신과 이혼하고
편하게 살라고 권한다. 고민 끝에 이혼한 투야, 그녀는 전 남편과 아이들과 함께 살
재혼 상대를 찾지만 쉽지 않다. 그러던 어느 날, 우물이 완전히 메말라버린다.
그리고 투야를 위해 우물을 파기 시작한 이웃집 남자. 투야는 그의 진심에 이끌려
재혼을 결심한다. 결혼식 날, 울분에 취해 술을 마시는 전 남편과 그를 말리는
새 남편의 싸움, 그리고 동네 아이들이 투야의 아이들에게 아버지가 둘이라고
놀리며 벌어지는 싸움. 투야는 흐느껴운다.

투야의 눈물겹고 힘겨운 하루하루는
우물이 메말라가면서 더욱 그늘지고 있다.

그리고 지금 이 순간에도
메말라가는 땅, 수많은 ‘투야’들은 한숨과 눈물 속에 잠든디.

한숨과 눈물을 멈출 녹색 신호등

도로의 신호등에서 '멈춤'은 빨간색이다.

우물이 메말라가고 땅이 척박해지는 것을 멈출 신호등,
사람들의 한숨과 눈물을 멈출 신호등,
사막의 신호등에서 '멈춤'은 녹색, 바로 숲이다.

투야가 살고 있는 중국 내몽골에 위치한 쿠부치 사막.
바람은 걷잡을 수 없이 거세게 휘날리고, 모래는 머리를
마구 때리는 것으로도 모자라 어느새 입속까지 들어온다.
개발을 위한 무차별적인 벌목과 지구온난화로 거세게 밀려오는
사막화의 바람.

이 바람을 막기 위해 황폐한 땅에 나무를 심는다.
사단법인 미래숲의 경우, 중국 현지에서 꾸준히 사막에 나무를
심고 관리하는 한편, 매년 청년 봉사단을 파견하여 사막 조림사업에
대한 관심과 참여를 환기하고 있다.

나무는 이산화탄소를 흡수하고 산소를 배출하며 기온을 적정하게
유지하여 지구온난화에 따라 점차 가속화되는 사막화의 속도를
늦출 수 있고, 나무의 뿌리는 토양을 움켜쥐어 사막이
걷잡을 수 없이 확장되는 현상을 막을 수 있다.

사막에서 나무가 자랄 수 있을까?

비정상적으로 확장되어가는 사막의 기세를 막을 수 있는 녹색 신호등,
나무.
그런데 물이 부족하고 척박한 사막에서 나무가 자랄 수 있을까?

누군가는 활착률은 80% 이상이지만, 생존율은 30%도 되지 않는다고
한다.

활착률 식물의 가지, 줄기, 잎 따위를 자르거나 꺾어서 묻었을 때
거기서 새로운 뿌리가 내리고 잎과 줄기가 나올 확률.
생존율 활착한 나무들이 일정 기간 동안(대개 1년 기준) 살아님을 확률.

진정한 녹색 신호등의 역할을 하기 위해서는
겨울의 한파와 여름의 땡볕을 이겨내고 1년 이상 자라나는
생존율을 높여야 한다.

나무의 생존에 반드시 필요한 것,
물.

사막화의 중심지이자 황사의 근원지인 쿠부치 사막.
지표에서 30cm 아래로 지하수가 흐르고 있다.
그리고 지금 그곳에서 지하수 개발이 이루어지고 있다.

나무냐, 풀이냐

2008년, 환경운동연합은 현대자동차, 중국 지방정부, 그리고
현지 시민단체와 함께 내몽골에 위치한 50km² 크기의 호수,
지금은 말라버린 차칸노르에 풀을 심었다.
본래 풀이 자라던 초원에 굳이 나무를 심어 환경을 개조하기보다는
현지 자생식물을 심어 자연의 복원력을 북돋자는 취지.

사막을 막을 수 있는 것에는
나무, 그리고 숲만 있는 것이 아니다.
작지만 쉽게 뿌리내릴 수 있고 관리할 수 있는 '풀'이 있다.

빠르게 영역을 넓혀가는 사막화의 속도를 따라잡는 데에는
나무를 한 그루, 한 그루 심는 것보다
항공기를 이용해 광범위한 지역에 풀씨를 뿌려 심고
스프링클러로 관리하는 것이 더 효율적일 수도 있다.

그러나 모래가 고정되지 않은 사막, 완전히 성숙한 사막에서는
바람 때문에 풀이 언제 모래에 파묻힐지 알 수 없다.
끊임없이 이동하며 세를 넓히는 이동성 사막을 막기 위해서는
힘과 시간과 자원을 조금 더 들이더라도 나무만큼 좋은 대안이 없다.

결론은, 각 지역의 생태와 사막의 성숙도에 따른 선택.
선택의 키워드는 연구.
그리고 연구에 힘을 실어줄 사람들.

황사 사막화 방지 연구소에서 희망을 만나다

동국대학교 혜화관 4층 422호.
2006년 10월 19일 한국 최초로 설립된 '황사 사막화 방지 연구소'.

연구소의 책임자인 환경생태공학과 강호덕 교수는 지구에 가장 넓게
분포하는 나무, 포플러 종을 중심으로 건조한 지역에서 성장할 수
있는 개량종 연구에 한창이다.

2002년부터 중국 내몽골 지역에 심을 나무를 연구해온 그는
염분이 많고 기온이 영하 30℃까지 떨어지는 환경에서도 자랄 수 있는
포플러 개량종 연구에 돌입한 결과 1년에 4m가 자라는 수종을
개발했다.
이 성공을 바탕으로 계속해서 다른 지역의 생태에 맞는
수종 개발에 힘쓰고 있다.

"사막화를 막을 수 있는 좋은 방법이면서,
어려움도 많이 가지고 있는
나무 심기 사업의 한계를 보완해줄 수 있는 것은
바로 과학이고 연구이다.
사막화 방지를 위한 조림사업이
그저 나무를 심는 데만 그쳐서는 안 된다."

강호덕

사막에 나무를 심을 때 계획 없이 그저 이곳저곳에 심으면
사막의 강한 바람에 나무가 훼손되기 쉽다.
높이가 낮은 나무를 바람이 부는 앞쪽에 심고 뒤로 갈수록 점차
높은 나무를 심는 '계단식 식수'를 통해 강한 바람에 높은 나무가
부러지는 일이 없도록 하는 등, 현지 환경에 대한 끊임없는 연구가
필요하다.

또한 현지인들의 생활방식과 의식에 대한 고려도 필요하다.
몽골 사람들의 경우, 본래 양에게 풀을 먹이며 유목생활을 했던 터라
나무와 풀을 심고 보존해야 하는 까닭을 잘 모른다.
자본주의 질서에 편입되면서부터는 풀 한 포기를 심는 것보다
양에게 풀을 조금이라도 더 많이 먹여 돈을 얻는 것이 더욱
중요하다는 생각에 그들 스스로 삶의 터전을 더욱 황폐화시키고 있다.
이들에게 나무와 풀의 중요성에 대해 느끼게 한다면
상황은 훨씬 좋아질 것이다.

그리고 같은 시간,
같은 공기를 마시며 살아가는 우리도
그 소중함을 함께 느껴야 한다.

희망의 씨앗, 우리가 심었던 나무들은 어떻게 됐을까?

중국 쿠부치 사막에 나무를 심고 있는 사단법인 미래숲.
2006년부터 사막을 남북으로 가로지르는 길이 28km, 폭 0.5km의
방풍림을 건설하여 동쪽으로 밀려드는 이동성 사막을 저지하려는
'한중우호녹색장성' 사업에 착수했다.
지형적 이점을 최대한 활용하고 현지에 적합한 나무 종류를
선별하여 심고 관리한 결과,

평균 80%에 달하는 생존율 달성.

2008년 4월까지 총 150만 그루의 나무를 심어 녹색장성 가운데
10km를 완성했다.

더 많은 사람들의 관심,
더 많은 사람들의 도움,
더 많은 사람들의 참여가 있다면
한숨과 눈물 속에 잠드는 투야들의 숫자도,
점점 늘어나는 사막화의 기세도
막을 수 있을 것이다.

사막 조림사업 관련 웹사이트

사단법인 미래숲 http://www.futureforest.org/korea/
환경재단 http://www.greenfund.org/

11
탄소 중립

탄소 중립 Carbon Neutral

2006년 영국 옥스퍼드 사전이 선정한 올해의 단어.

소비와 활동으로 배출한 탄소의 양을 상쇄시키는 것.
배출한 탄소에 대한 값을 치르는 것.

한국, 세계 9위

2002년 국제에너지기구 IEA의 통계에 따르면
한국의 연간 이산화탄소 배출량은
4억 34,000톤(2000년 기준)으로 세계 9위.

탄소(C)

수소, 산소, 질소와 함께 생물체의 세포를 구성하는
네 가지 주요 원소 중 하나.
석탄과 석유의 주성분.

녹색식물의 기공으로 흡수된 이산화탄소는 포도당과 전분의
원료가 되고, 초식동물은 식물을 먹음으로써 이 포도당과 전분으로
에너지원을 얻고, 육식동물은 초식동물을 먹음으로써 에너지원을 얻고,
죽은 식물과 동물은 미생물에 의해 분해되어 양분이나 화석연료가 되고,
화석연료는 연소되면서 대기중의 이산화탄소로 변하는
자연스러운 탄소의 순환.

이렇게 언제나 환경 속에 존재하던 탄소.
그런데 왜 갑자기 값을 치르자고 하는가?

이산화탄소 구성 원소 = 지구온난화를 촉진하는 원소 = 탄소

빙하, 그리고 **300ppm**

대기의 공기방울을 품고 있는 얼음.
남극 심층부의 빙하는 65억 년간의 지구 공기를 담고 있다.

65억 년 동안 이산화탄소는 증가와 감소를 반복해왔으나,
300ppm을 넘은 적은 없었다.

그러나
19세기 말 산업혁명이 시작되고 화석연료 에너지를 사용하면서
이산화탄소는 280ppm으로 증가,
1950년대 말에는 315ppm,
그리고 21세기에 접어들면서는 380ppm.

매년 2ppm씩 증가하는 지금의 추세가 계속된다면
35년 뒤에는 450ppm 돌파.

가속페달을 밟은 듯 증가하며 정상치를 넘어버린 탄소의 농도는 곧,
이미 심각해질 대로 심각해진 지구온난화에 점차 가속도가
붙을 것이라는 적색 신호.

65억 년간 유시해온 균형을 깨뜨린 대가는
과연 얼마나 될까?

교토의정서

1997년 12월 일본 교토.
지구온난화 규제 및 방지를 위한 국제협약인 기후변화협약 제3차
당사국 총회에서는 선진국의 온실가스 감축 목표치를 규정했다.

미국, 캐나다, 일본, 유럽연합EU 회원국, 오스트레일리아 등
총 38개국은 2008~2012년 사이에 온실가스 총 배출량을 1990년
수준보다 평균 5.2% 감축해야 한다.
그리고 에너지 효율 향상, 온실가스 흡수/저장원 보호, 신재생에너지
개발의 의무를 다해야 한다.

전 세계 이산화탄소 배출량의 28% 차지,
1인당 탄소 배출량 5톤으로 세계 1위인 미국은 2001년 3월 탈퇴.
국가 간 의견 대립, 감축 목표와 일정 차이 등으로 난항이 거듭된다.

그리고 2005년 2월 16일에서야 교토의정서 공식 발효.

감축 대상 가스는 이산화탄소CO_2와 메탄 CH_4을 포함한 6가지.

이산화탄소CO_2
메탄CH_4
아산화질소N_2O
불화탄소PFC
수소화불화탄소HFC
불화유황SF_6

가장 대표적인 두 가스는 공통적으로 탄소(C)를 포함하고 있다.

교토의정서 제17조, 탄소 배출권

<u>한 집단이 배출할 수 있는 탄소의 양.</u>
교토의정서에 비준한 국가들이 할당받은 탄소 배출량.
이보다 적게 배출한 국가는 그 차액을 다른 나라에 팔 수 있고,
이보다 많이 배출한 국가는 돈을 주고 다른 나라의 배출권을 사야 한다.

프랑스 전력공사는 3억 유로의 전용 펀드를 조성하여
탄소 배출권 획득에 대비. 한국 기업 후성은 일본 이오네스와
공동으로 HFC 열분해 사업을 통해 연간 140만 톤의
탄소 배출권 획득, 이를 이오네스에 판매.

오스트레일리아의 CVA 자원봉사 활동에서는 10명의 젊은이들이
일주일에 7,000그루의 나무를 심는다. 3개월 반이 지나면 10만 그루의
나무를 심을 수 있고 4억 원이 넘는 탄소 배출권 획득 가능.

탄소의 값을 계산하고 그 값을 치르는 것은
채무가 아니라, 새로운 활동의 장을 마련하는 일.

©Nick Logan

283kg

인천과 베이징을 비행기로 왕복할 때 배출되는 탄소의 양.

환경단체, 환경기구, 관련 부처의 인터넷 사이트에는
탄소계산기가 있다.
이동수단과 거리, 생활습관과 섭취 칼로리에 따라
배출한 탄소의 양을 가상으로 계산해준다.
배출한 탄소를 상쇄시킬 수 있는 방법도 곧바로 제시해준다.

중형차를 타고 시속 60km로 1시간을 달리면
20kg의 이산화탄소 발생,
이를 상쇄시키기 위해서는 600그루의 나무를 심어야 한다.

주5일제에 하루 8시간 근무하는 사무실,
컴퓨터만 켜놓아도 한 달이면 한 사람당
17kg의 이산화탄소가 발생.
이를 상쇄시키기 위해서는 각각 한 달 동안
530그루의 나무를 심어야 한다.

2시간 동안 진행되는 200평 규모의 패션쇼,
기본적인 조명을 유지하는 데만 300kg의 이산화탄소 발생.
이를 상쇄시키기 위해서는 쇼가 끝나고 다같이
9,000그루의 나무를 심어야 한다.

값을 치르기 싫다면 적게 배출하자!

1. 여행은 가급적 근교로 간다.

2. 쓰레기를 최대한 줄이며, 반드시 분리수거한다.

　일회용품은 가급적 쓰지 않고 재활용품을 사용한다.

3. 에너지 효율등급이 높은 전기제품과 차량을 사용한다.

4. 냉방은 최저 26℃까지, 난방은 최고 20℃까지 제한한다.

5. 자동차보다는 대중교통이나 자전거를 이용하며, 자주 걷는다.

6. 쓰지 않는 전기제품과 조명은 모두 끈다.

7. 자동차 트렁크에 불필요한 물건을 싣지 않으며 공회전을 하지 않는다.

작은 실천과 노력에 의해 2057년까지 매년
탄소 배출량을 10억 톤씩 줄일 수 있다.

스티븐 파칼라, 로버트 소콜로

탄소계산기를 사용할 수 있는 웹사이트

녹색연합-당신이 밟은 자국이 교기를 확인하세요.
http://safeclimate.greenkorea.org/co2/calculator_01.php
에너지관리공단-내가 배출한 이산화탄소는?
http://zeroco2.kemco.or.kr/sub01.asp
앨 고어 전 미국 부통령과 '불편한 진실Inconvenient Truth' 홈페이지
http://www.climatecrisis.net/takeaction/carboncalculator

12

모피 잔혹사

reenactment!

no animals were harmed in the making of this poster.

Unfortunately, over 50 million real animals are harmed and killed each year in the name of fashion.

Save the Fashion Victims, Don't buy fur.

No Fur !

벌건 대낮에 대로변에서 벌거벗고 앉아 있는 내 모습을 보고
할 말을 잃은 듯한 너의 표정에
어떻게 이야기를 꺼내야 할지 모르겠다.

지난 봄, 그곳으로의 여행은 특별한 경험이었어.
가도 가도 계속해서 새하얗게 펼쳐지는 눈밭,
그 아름다움에 눈과 마음을 모두 빼앗겼지.

얼마나 그렇게 걸었을까?
'천국은 우리가 살고 있는 바로 이 땅이구나' 하고
감탄사를 외치던 나는
믿을 수 없는 장면을 보게 되었어.

새하얀 눈밭의 붉은 피

이 세상에 소중하고 귀엽지 않은 어린 생명이 어디 있겠냐마는,
새하얀 눈천지 위에서 커다랗고 동그란 눈을 반짝이며 데굴데굴
굴러다니는 이 녀석의 모습에는 누구라도 미소짓고 반할 수밖에
없을 거야.
하얀 베개를 닮은 귀여운 녀석.

하프실Harp Seal이라고 불리는 북극 물개의 한 종인 '하프물범'.
캐나다 뉴펀들랜드 등지에서 주로 서식하는데, 가장 많이 사냥되는
해양동물 가운데 하나지. 생후 3주에서 4개월 사이가 하얀 털이
가장 보드라운 시기야.
그리고 이때, 그들은 바로 그 예쁘고 보드라운 하얀 털 때문에
잔인하게 죽임을 당하지.

팔다리가 땅에도 제대로 닿지 못한 채 눈만 말똥거리고 있는
아기 하프실이 보이는 순간, 사냥꾼들은 칼이 달려 있는 몽둥이를 들고
다가가 머리를 힘껏 내리쳐. 새끼를 지키려고 저항하는 어미도 같이
죽이지. 총으로 쏘면 고통을 최소화하면서 죽일 수 있겠지만,
그렇게 하면 모피의 질이 떨어진다는 이유로 의식이
남아 있는 상태에서 껍질을 벗겨내지.
그렇게 매년 60여만 마리의 아기 물범들이 눈밭 위에서
붉은 피를 흘리며 죽어간다더군.
가죽이 벗겨진 피투성이 몸뚱이는 상품성이 없어
그대로 두고 떠나버리는 거야.

사실 물개의 포획은 캐나다에서 불법이야.
그러나 하프실을 물고기로 구분해놓은 어이없는 현지법
때문에 하프실 포획은 공공연하게 이루어지고 있어.

International Pelt Auction의 1988년 자료에 따르면,
매년 8,000만~1억 마리의 동물이 모피를 위해 죽임을 당해.
4,000만 마리의 밍크가 사육되고,
1,000만 마리의 여우가 사육되거나 덫에 잡히고,
400만 마리의 캥거루가 잡히고,
30만 마리의 미국 너구리와 15만 마리의 검은담비가
덫에 걸리는 거야.

올가미와 덫에 걸려 잔인하게 죽임을 당하는 동물들도 문제지만,
사육되는 동물들이라고 해서 사정은 별반 나을 게 없어.

여우가 모피를 위해 도살될 때까지는 평균 7년이 소요되지.
그 시간 동안 여우는 1미터도 채 되지 않는 공간에 갇혀
평생을 지내게 되는 거야.

모피의 대표적인 동물, 밍크.
많은 시간을 물속에서 보내야 하지만, 모피 농장에서 그런 환경을
바랄 순 없지.

오히려 억지로 호르몬을 주입받고, 죽은 동족이 갈려들어간 사료를 먹고,
생식기 감전, 가스 독살, 목 부러뜨리기 등의 온갖 잔인한 방법들로
희생되는 거야.
살아 있는 동물들은 이 광경을 그대로 지켜보는데, 극심한 스트레스
때문에 친구는 물론 심지어 자기 새끼까지 잡아먹거나 자해를 한다더군.

모피는 패션사업의 가장 비싼 소재 중의 하나야.
과시하려는 욕심과 부러워하는 시선의 접점에서
세상에서 가장 비싸고 잔혹한 패션의 향연이 펼쳐지는 거지.

명품 브랜드의 하나인 펜디Fendi는 모피산업으로 유명해진 브랜드이다.
예전에는 중년 부인들의 장롱 속에나 들어 있을 법한 모피를 젊은 층에게도 매혹적인
유행 소품, 잇 아이템It-item으로 부상시킨 공로(죄질)가 크다.

모피코트 한 벌을 위해서는
50마리의 친칠라(털실쥐),
20마리의 여우,
70마리의 밍크가 필요하지.

너는 살아 있는 너구리의 가죽을 잔인하게 벗기는 모습을 본 적이 있니?
그처럼 '일반적인' 방법으로 매년 수천만 마리의 동물들이 죽어가고 있어.

Fur Free

모피산업에 반대하며 "모피를 입느니 차라리 벗겠다"는 플래카드를
들거나 "No Fur"를 몸에 쓴 채 누드시위를 하는 사람들의
사진을 본 적 있니?

모피를 자신의 디자인 컬렉션에 쓰지 않겠다는 디자이너들의
움직임에 대해서는 알고 있니?
스텔라 매카트니, 존 갈리아노, 애실리, 구찌 등이 동참하고 있지.
실제 PETAPeople for the Ethical Treatment for Animals와 같은
동물 권익 보호단체의 수십 년간의 활동과 홍보 등으로 모피에 대한
거부감이 늘어나자, 80년대와 90년대 사이에는 진짜 모피를 인조모피로
속여 파는 웃지 못할 일도 벌어졌어.

하지만, 값싼 인력으로 무장한 중국과 러시아의 모피산업 진출로 인해
근래에는 아시아권을 중심으로 제2의 호황을 누리고 있지.
우리나라의 모피 수입은 90년대 중반부터 급증하여 연간 수입액은
수천억 원.
미국과 유럽 등지에서 벌어지는 모피 제조의 잔혹함과 비인간성에
대한 홍보가 한국에서는 별 효과가 없는 듯해.

Turkistarhaus
syntynyt
26.4.2005
tapettu sähköllä
5.12.2005
lyhyt, kärsitty elämä
-vain ihmisten
turhamaisuuden
takia.

언젠간 세상을 바꿀 거야

누군가는 이렇게 얘기할 수도 있어.
원래 인간은 동물의 가죽과 털을 입고 살지 않았어?
털을 벗기려면 어차피 죽여야 하는 거 아냐?

정말… 그럴까…?
매년 수천만 마리의 희생.
잔인한 방식의 사육과 살육.
다른 입을 만한 것이 없는 것도 아니야.
흰 모피를 몸에 두른 사람들은 자신들이 비싼 값을 지불하고
청부사살한 토끼, 여우, 밍크, 새끼 하프물범을 보면
'귀여워'를 연발할 테지.

오늘도 많은 사람들이 나를 쳐다봐.
쳐다볼 만도 하겠다 싶지만 생각보다 오래, 쳐다봐.
내가 아주 특이한 일이라도 벌이는 것처럼.
그런데, 생각해봐.
지금 세상에 널려 있는 온갖 문제들 속에
모피 산업에 대한 목소리는 '아예 없다'고 할 정도야.

나의 부끄러움은 잠깐이지만, 참혹하게 길러지고 죽임을 당하는
동물들의 고통에는 쉬는 시간이 없고, 멋을 내기 위해
값비싸고 잔혹한 살생을 청부하는 사람들의 욕망도 멈출 줄 모르지.

오늘도 나의 1인 시위는 계속될 거야.
그리고 이 작은 관심이 언젠간 세상을 바꿀 거야.

참고사이트

한국동물보호연합 www.kaap.or.kr
부산동물학대방지연합 http://www.animallife.or.kr/

13

멸종

킹콩

스컬 섬에 살고 있는 원주민들은 그를 '콩'이라 부른다.
그는 거대한 고릴라처럼 생겼다.
어느 날 스컬 섬에 영화 촬영을 위해 미국인들이 찾아오고,
'콩'은 여배우 '앤'에게 반하게 된다.
흥행에 대한 탐욕스러운 집착에 사로잡힌 영화감독 '칼'은
콩이 앤에게 반한 것을 알고 그를 뉴욕으로 생포해와서,
'킹콩'이라는 이름으로 무대에 올린다.
사람들의 구경거리로 전락한 킹콩은 쇠사슬을 끊고 탈출,
도심을 휩쓴다.
사람들은 대규모 병력을 동원하여 킹콩에게 공격을 퍼붓고,
그는 빗발치는 공격을 피해 앤을 안고
엠파이어스테이트 빌딩 꼭대기로 올라가 최후를 맞이한다.

1933년 처음 영화로 제작되어 지금까지 꾸준히 사랑받는
킹콩 이야기.
인간에 의해 본래 살던 곳을 떠나 억지로 끌려온 문명사회에서
비극적인 죽음을 맞는 킹콩.

이 상상 속의 동물과 영화 속의 이야기가,
지금 여기에서 실제로 일어나고 있다.

기원전 6세기, 바바리 사자

잠시 기원전 6세기로 돌아가보자.
당시 로마는 거침없이 영토를 넓혀가고 있었다.
전쟁에서 승리를 거둔 이들은 힘을 과시하기 위해
한 지방을 정복하면 그 지방에 서식하는 무시무시한 맹수들을
잡아와 시민들을 원형경기장에 모아놓고 격투사들과 맹수들의
결투를 보여주었다.

결투에 낙점된 맹수 가운데 '바바리 사자'는 특히 유명했다.
체중 225kg, 몸길이 3m, 그리고 사자의 상징인 갈기가 등과
배 한가운데까지 덮고 있는 바바리 사자.
모로코와 이집트의 바바리 지방에 서식했던 이 동물은
권력자들의 과시욕을 채우기에 충분할 만큼 위엄이 있었고,
때문에 로마 제국이 멸망할 때까지 격투사들의 상대가 되어야 했다.
그 결과, 로마 제국이 멸망할 때 즈음,
북아프리카에서 바바리 사자는 자취를 감추고 만다.

인간의 끝없는 욕망이,
인간의 잔인한 유희가,
지구 생태계라는 거대한 질서 속에서 함께 살고 있던
생물종 하나를 결투의 무대에서 멸종시켰다.

그리고 지금도 여전히
어느 한 부위라도 상품 가치가 있다면
어떤 생명이라도 격투장의 바바리 사자가 되고 있다.

©Thomas Lieser

미식 욕구와 괌 과일박쥐

괌 과일박쥐.
울창한 열대우림 속에서 과일을 먹으며 평화롭게 살고 있던 이들.
체중은 1kg, 양 날개를 다 펼치면 그 길이가 1m에 달한다.
얼굴 생김이 여우를 닮아 '날아다니는 여우'로 불린다.

괌 섬의 원주민인 차모로족은 과일박쥐를 사냥하여 불에 구워 먹었다.
이때는 아무 문제 없었다.
자연의 섭리를 깨뜨리지 않는 범위 안에서 만족했기 때문이다.

하지만 점점 문명이라는 명찰을 달고 괌에 들어온 관광객들,
그들을 위한 개발로 생태계의 바퀴는 삐걱거리기 시작했다.
원주민들은 관광객들이 원하는 독특한 경험을 위해
과일박쥐 요리를 선보이기 시작,
요리는 곧 입소문을 타고 알려지면서 수요가 점점 증가했다.
박쥐가 행복하게 서식하던 습지대는 대량 학살의 장으로 변했고,
레스토랑의 식탁은 곧 죽은 박쥐들의 무덤이 되었다.

그리고 1968년,
마지막 괌 과일박쥐가 접시에 오름으로써 종의 멸종을 알렸다.
생존을 위한 순수한 식욕을 넘은 '미식'의 욕구가
생물 멸종의 원인이 되었다.

괌 과일박쥐 외에도 세계에는 60여 종의 과일박쥐가 있는데
이들은 대부분 법적 보호를 받고 있다.
하지만 이들도 언제 사라질지 모른다.

©Keven Law

한 벌의 '멋'을 위해 70마리씩 사라져가는 생명들

북아메리카의 대서양 연안에 살고 있는 해변밍크.
작고 둥근 귀에 짧은 다리를 가진 이 녀석은 독특한
붉은색 털과 가죽 때문에 멸종의 위협을 받고 있다.
유럽인들이 신대륙으로 이주하면서부터 계속된 무분별한 살상.
결국 1880년대, 해변밍크는 지구상에서 자취를 감춘다.

밍크의 털과 가죽을 벗기는 방법.
살아 있는 밍크를 거꾸로 집어든 채 빨래를 털듯이 땅에 내려친다.
밍크가 기절한다. 죽은 것보다 살아 있는 것의 가죽이 더 가치가
있기 때문에 설대 죽이지 않는다.
밍크의 네다리를 자르고 정육점의 고기처럼 산 채로 매달아놓는다.
허공에서 몸부림치는 밍크를 손으로 잡아당겨 가죽을 벗겨낸다.
가죽이 벗겨지는 와중에도 의식이 남아 있는 밍크는
마지막 저항을 해보지만 소용없다.
가죽이 다 벗겨지고 나면 벌거벗은 몸으로 다시 땅바닥에
내동댕이쳐진 채 죽음을 맞는다.

한 벌의 밍크코트를 위해 대략 70마리의 밍크들이
이렇게 죽는다.
10벌이라면 700마리가 순식간에,
인간의 멋을 위해 참혹하게 사라지는 것이다.

자제력을 상실한 한 종(種)이 지구 동반자들의 숨통을 조인다

지구상의 모든 생물들은 먹이사슬로 얽혀 있다.
서로 먹고 먹히면서 함께 살아가는 관계.
다른 종을 죽이고 잡아먹는 것은 생존을 위한 길이며,
인간 역시 생존을 위해 그럴 수밖에 없다.

언어와 도구의 사용으로 힘을 얻어 먹이사슬의 꼭대기에 위치한 인간.
그 위대한 인간이 다른 종보다 못한 점이 있다면
욕심이 너무 과하다는 것.
다른 동물은 먹잇감을 사냥할 때 그날 배를 채울 만큼이면 만족한다.
인간이 미덕으로 삼는 '절제'가 이들에게는 삶인 것이다.

인간을 제외한 모든 종이 스스로 절제하며 균형 있게 살아가고 있다.
자제력을 상실할 만큼 비대해진 우리의 욕망만이
이 동반자들의 숨통을 조이고 있다.

21세기에 전하는 보뚜의 전설

보뚜boto.
아마존강 유역에 살고 있는 돌고래의 포르투갈어 이름.
전설 속에나 나올 것 같은 분홍 돌고래.
'이빨고래'의 후손으로 1,500만 년 전에 처음 출현한 것으로 추정된다.
하지만, 인간보다 먼저 아마존을 유영하던 이 종은,
인간의 손에 의한 서식지 파괴로 멸종 위기에 처해 있다.

아마존에서는 이 돌고래 친구가 달밤에 사람들을 깊은 물속에 있는
황홀한 수중도시, 엥깡지로 데려다준다는 전설이 전해내려온다.

21세기의 우리에게는 새로운 전설이 전해내려온다.
보뚜가 한 마리도 보이지 않는 날이 오면, 사람들은 더이상 땅 위에서
살 수 없게 되어 스스로 물속으로 뛰어들어 엥깡지를 찾아야 한다.
하지만 엥깡지의 문지기는 사람들을 받아주지 않는다.
사람들과 공생하려 했던 보뚜를, 사람들이 쫓아냈기 때문에.
결국 사람들은 물에서도 뭍에서도 살 수 없어 멸종되고 만다.

멸종.
이것은 더이상 다른 종의 슬프고도 먼 이야기가 아니다.

우리를 품고 있는 자연을 파괴하고, 다른 생불체들을 무자비하게 죽이며,
더불어 살아야 할 이들의 심장에 총을 겨누는가 하면, 곳곳에서
굶고 병들어 죽는 이들의 삶을 외면하고 무한욕구를 채우는 사이,
우리는 스스로 멸종의 길로 들어서고 있다.

21세기에 전해지는 보뚜의 전설에 따라
우리는 엥깡지에서도 지구에서도 살 수 없는 처지로
전락할 것인가?
아니면 눈앞의 편리와 당장의 욕구를 양보하고
우리의 힘으로, 더 나은 세상의 전설을
현실로 만들어갈 것인가?

14

자원 전쟁

1973년.

1978년.

1990년.

그리고 현재

전 세계의 경제와 외교 정세를 좌지우지하는 하나의 자원,

석유

선수 연봉 100억 시대의 구단주

축구의 종가 영국의 프리미어리그.
영국뿐만 아니라 전 세계 축구팬들을 열광시키는 리그에서 뛰는
선수들의 평균 연봉은?
2007년 기준으로 13억 2,000만 원.
톱스타의 경우 1년도 아닌 단 일주일 만에 2~3억을 벌어들여,
연봉으로 계산한다면 100억 내외의 수입을 기록.
한국 출신 박지성과 이영표의 연봉은 각각 약 50억과 40억 원에 달한다.
구단주의 입장에서 본다면 어마어마한 투자인 선수들의 연봉.
그 수입원은 어디서 나오는 걸까?

첼시, 그리고 맨체스터시티.
첼시의 구단주는 2006년 가을 『포춘Fortune』이 발표한
전 세계(미국 제외) 40대 이하 갑부들 중 4위에 뽑힌 러시아의 석유 재벌,
로먼 이브라모비치.
맨체스터시티의 구단주는 아랍에미리트 연합 7개국 가운데 하나인
아부다비의 왕족으로 2008년 8월에 발행된 『포브스Forbes』에 따르면
26조 원의 재산을 보유한 석유 재벌, 알 나한.

그들의 부의 원천은 바로 석유.
돈 되는 곳에 사람 모이고
사람 모이는 곳에 갈등이 생긴다고 했던가?
돈 되는 사업, 석유를 두고 오랜 세월 동안
크고 작은 갈등이 벌어졌다.

걸프전을 기억하십니까?

'걸프전'은 알아도 '걸프'는 모르는 사람들이 많다.
걸프는 페르시아만으로 더 잘 알려져 있는 지역.
전 세계 석유 생산량의 34%가 매장되어 있는 지역으로
유럽연합과 일본 등이 수입하는 석유의 절반 이상이 여기서 공급된다.

페르시아만에 나란히 위치해 있는 두 나라, 이라크와 쿠웨이트.
오래전부터 접경 부근의 유전지대에 대한 영유권을 놓고 마찰을
빚어왔다.

1990년 8월, 이라크의 사담 후세인은 쿠웨이트를 공격한다.
유엔안전보장이사회는 이라크 군을 쿠웨이트에서 철수하지 않을 경우
무력 사용을 허용하는 결의안을 통과시켰다.
약 2달간 연합군과 이라크 사이에 전쟁이 벌어지고,
우리는 이를 '걸프전'이라 부른다.

쿠웨이트를 공격한 이라크의 명분은?
쿠웨이트가 국제 원유시장에 석유를 과잉 공급하여
유가가 하락, 이라크 경제까지 어려워졌다는 것.

하나의 자원이 전 세계를 충격에 빠뜨리다

석유 때문에 한 나라가 다른 나라를 물리적으로 공격하는
'전쟁'만 벌어진 것이 아니다. 한 나라의 행동이 다른 나라에
막대한 악영향을 미친 '쇼크'도 있었다.

1973년 OPEC Organization of Petroleum Exporting Countries 회의.
한자리에 모인 중동 산유국들은 미국과 그 우방에 대해 석유 가격을
올리고 생산량을 줄이는 결정을 내린다.
이에 세계 각국에서 석유 부족과 유가 상승으로 경제적 타격 발생.
'석유파동'이라고도 불리는 1차 오일쇼크이다.

1년 만에 가까스로 해소된 1차 오일쇼크.
4년 뒤인 1978년, 이란은 돌연 석유 생산량을 대폭 축소하고
수출을 중단했다.
전 세계 경제가 또 한번 한바탕 큰 홍역을 치른 2차 오일쇼크.

'석유'라는 단 한 가지 자원의 생산량/수출량 변화가
전 세계의 시장과 사회의 기반을 비틀거리게 할 수 있다는 것을
잘 보여준 사례.

공공연한 비밀 전투, 자원 외교 또는 자원 전쟁

2008년 초, 갑자기 치솟기 시작한 석유 가격에 세계는
또다시 비상이 걸렸다.
언제 다시 터질지 모르는 혼란에 대비하기 위해 각국은
안정적으로 석유를 확보하고자 소리 없는 전투를 벌이고 있다.
지구촌 곳곳은 현재 자원 외교, 아니 자원 전쟁중이다.

급격한 경제 성장으로 엄청난 양의 석유를 소비하게 된 중국.
2007년 한 해 동안 중국의 석유 소비 증가율은 2.9%.
전 세계 평균 증가율인 1.3%의 두 배를 훌쩍 뛰어넘었다.
석유 소비량 역시 미국에 이어 세계 2위.
중국 정부는 안정적인 석유 공급을 위해 에너지 외교에 사활을 걸었다.
아프리카 제1의 석유 생산국인 나이지리아의 유전 4개의 석유 채굴권을
확보하는 한편, 세계 최대 산유국인 사우디아라비아로부터 2010년까지
안정적인 석유 공급을 약속받는다.

그렇다면 석유 소비량 세계 1위인 미국은?
이라크 전쟁은 이렇다 할 진전이 없고 일부 비난 여론만 들끓는
가운데, 미국에서 소비하는 석유의 10%를 공급하고 있는
베네수엘라가 최근 미국에 대한 반감을 드러내놓고 표출하고 있으며,
중국의 무차별적인 자원 외교로 산유국 곳곳에서 미국 기업들이
쫓겨나는 상황.
이에 미국은 앙골라, 수단, 기니 등 신흥 산유국으로 눈을 돌려
적극적으로 인프라를 구축하고 있다.
심지어 테러 지원국 명단에 포함시켰던 리비아와도 관계 개선을
위해 노력하고 있다.
2008년 10월에는 아프리카를 관할하는 군사조직인 아프리카
사령부를 조직, 군사적인 통제하에 아프리카의 석유를 확보하기
위한 계획도 진행중이다.

그리고 한국.
석유 한 방울 나지 않는 나라 중에서 네덜란드에 이어
석유 소비량 2위 기록,
산유국을 포함해서 세계 7위의 석유 소비국.
지속적으로 해외 유전지역에 대한 탐사를 펼치며
콜롬비아와 베네수엘라까지 유전 개발 참여를 위해 손을 뻗쳤다.
하지만 러시아에 의해 서캄차카 유전개발사업이 무산되었고,
쿠르드 지역 유전개발사업 역시 이라크 정부가 허가한 적 없다며 거부했다.

언제 어떤 양상으로 변할지 모르는 자원 외교의 장.
석유라는 자원 하나를 놓고
세계 각국이 벌이는 외교력과 자본의 소모전.

자원은 왜 존재하는가?

자원,
인간 생활 및 경제 생산에 이용되는 원료.
인간의 생활을 보다 편리하고 윤택하게 만드는 데 반드시 필요한 요소.

하지만 석유라는 자원은
세계를 혼란에 빠뜨리고,
죄 없는 이들을 전쟁 난민으로 만들고,
나라끼리 집단끼리 경쟁하도록 부추기는 원인이 되었다.

그럼에도 인류가 가장 많이 의존할 수밖에 없는 에너지원, 석유.
정말 대안은 없는 걸까?

15
야트로파

사람늘은 그것늘 야트로파라고 부른다.
라틴아메리카나 아프리카처럼 더운 곳에서 산다.
황무지에서도 잘 자라는 건강한 생명체로 키는 6m.
1년에 2번 열매가 열리고, 뿌리는 토양을 비옥하게 하며,
씨앗은 대체에너지를 생산한디.

지구를 보호하기 위한 작고 착한 변화들

두바이유로 세계 유가를 결정하는 대표적 산유국, 아랍에미리트 연합.
화석에너지의 근거지인 그곳에서 바이오 연료를 포함한
2억 5,000만 달러 규모의 재생에너지 개발이 착수되었다.
사람들이 석유의 시대가 영원히 계속될 수 없다는 사실을
실감하기 시작했다는 신호가 아닐까?

한 사람, 한 사람의 에너지 절약.
소똥에서 나온 가스로 가스레인지에 불을 붙이는 대안공동체의 등장.
에너지 자원이 고갈되어가는 상황에서 마구잡이로 파헤쳐지는
지구를 보호하고 우리를 보호하기 위한 작고 착한 움직임들.

그리고…
그 미미해 보이는 움직임에 힘을 실어주는
다양한 대체에너지.

달콤한 알코올

달콤한 설탕의 원료인 사탕수수.
이것을 태워서 추출한 알코올인 사탕수수 에탄올로 자동차를
굴릴 수 있다는 사실을 아는가.

사탕수수 에탄올 15달러어치면 휘발유 19달러어치(1리터)만큼의
에너지를 얻을 수 있고,
생산과정에서 소비한 화석에너지의 8배의 에너지를 얻을 수 있다.
온실가스 배출량은 휘발유의 44%.

2007년 기준, 브라실에서 판매되는 자동차의 85%는
플렉스 자동차(휘발유와 에탄올을 혼합하여 사용하는 자동차).

휘발유보다 저렴하고, 투입된 화석에너지의 8배에 해당하는
에너지를 뽑아내며, 대기 오염과 지구온난화를 줄일 수 있는
달콤한 에너지.

향기로운 기름

식물에서 추출한 기름을 화학 변화시켜서 만드는 바이오디젤.
세계 최대의 바이오디젤 생산국인 독일에서는
유채꽃 씨에서 추출한 카놀라유를 원료로 기름을 만든다.

바이오디젤로 디젤 1리터(23.28달러)만큼의 에너지를 얻으려면
25.47달러를 지불해야 한다.
눈에 보이는 비용으로는 리터당 디젤보다 2.19달러나 더 높지만,
만드는 과정에 투입된 화석에너지의 2.5배의 에너지를 얻을 수 있는
높은 효용.
게다가 바이오디젤의 온실가스 배출량은 디젤의 32%.

옥수수 – 밥과 에너지

가장 대표적인 대체에너지, 옥수수 에탄올.
옥수수에서 손쉽게 얻을 수 있는 기름으로 친환경 연료를
만들어냈다고 기뻐한 것도 잠시,
2002년 이래 세계 주요 식량 가운데 하나인
옥수수의 가격이 급격히 상승한다.
더 많은 옥수수를 생산하기 위해 인위적으로 갈고 태워진 밭들.
농약과 질소비료의 과다 투입으로 질이 악화된 토양.

"옥수수에서 추출한 에탄올은
경제적이지도 못하고 소비자나
지구를 위해서도 좋지 않다."

2008년 노벨경제학상 수상 경제학자 폴 크루그먼

어느새 천덕꾸러기가 되어버린 대체에너지.
지구 한편에서 수많은 사람들이 굶어 죽어가는 가운데
옥수수 에탄올뿐만 아니라 식량이 될 수 있는 모든 원료는
'먹을 것을 가지고 문명의 이기를 누리려 한다'는 지적과
식량 가격 상승이라는 부작용으로부터 자유로울 수 없다.

그러나 '원래' 우리 곁에 있었던 대안,
아니, 무궁무진한 발전 가능성.

버려지는 것들의 부활, 미약한 존재의 거대한 힘

농업 폐기물, 삼림 폐기물, 폐지 모두 섬유소 에탄올로 변신 가능.
생산방식에 따라 투입되는 화석에너지에 비해
2~36배의 산출량을 자랑한다.
온실가스 배출량은 휘발유의 9%.
가치 없이 버려지는 것들도 에너지로 재생될 수 있다.

그리고 눈여겨본 적 없는 미약한 존재가 뿜어내는 에너지 효과.
『내셔널 지오그래픽National Geographic』 2007년 10월호에서는
놀라운 속도로 무럭무럭 자라 에너지를 만들어내는
녹조류를 소개했나.
미국 MIT의 화학교수 아이작 버진이 설립한 그린퓨어테크놀로지의
조류에너지 프로젝트.
비닐주머니에 조류를 채워두면 화력발전소 굴뚝에서 나오는
이산화탄소를 빨아들이면서 약간의 물과 햇볕을 합성하여 녹말과
바이오 연료를 만들어낸다.

오염물질을 배출하지 않는 것이 아니라
오히려 오염물질을 먹어치우며 자라는 기특한 에너지원,
조류.

1년 동안 1헥타르의 땅에서 난 옥수수가 2,500리터의 에탄올을 만들고,
콩이 약 560리터의 바이오디젤을 만들 때,
조류는 45,000리터의 바이오 연료를 만들 수 있다.

한 발자국의 힘

2008년 3월, 모 방송국의 TV 프로그램.
세계 각지에서 벌어지는 재미난 실험들이 소개되었다.

일본 도쿄 지하철역의 발전계단.
사람들이 계단을 밟을 때 발생하는 에너지를 이용하여 전력을
생산한다. 어른 1명이 한 발자국을 디딜 때 발뒤꿈치와 바닥 사이에서
발생하는 충격에너지는 전구 하나를 아주 잠시 켤 수 있는 정도에 불과.
그러나 수많은 사람들이 지나다니는 지하철역에서는 '티끌 모아 태산'이
가능하다.

남아프리카공화국의 한 마을에 있는 놀이기구.
아이들이 한 바퀴 돌릴 때마다
지하 150m에서 1리터의 물을 뽑아올리는 신기한 펌프.
마을의 물 보급 효율을 높이는 것은 물론,
아이들의 위생 상태와 작물 생산성이 개선되는 효과를 얻을 수 있다.

대체에너지는 모두 원래에너지

붕붕붕 아주 작은 자동차
꼬마 자동차가 나왔다
붕붕붕 꽃향기를 맡으면 힘이 솟는 꼬마 자동차

어린 시절 아무 생각 없이 불렀던 만화 주제가의 한 소절…
다시 불러보니 작사가의 상상력이 대단하다.
주유소 기름이 아닌 꽃향기로 움직이는 자동차라니.

인간이 상상할 수 있는 모든 것은
인간의 손으로 만들어낼 수 있다고 했던가?
비록 꽃향기는 아니지만 옥수수, 사탕수수, 햇볕, 녹조류,
발과 땅 사이의 마찰력으로 전깃불을 밝힐 수 있는 시대가 멀지 않았다.

미래에는 길가에서 자라는 슈맥나무 열매나 사과, 해초,
톱밥 등 어디서든 연료를 구할 수 있을 것이다.
발효될 수 있는 식물성 재료라면 무엇이건 연료가 될 수 있다.

Automotive History Review, spring 1998

누구나 한 번쯤 생각해봤을 법한 일들이 대체에너지의 장(場)에서는
훨씬 하게 실현될 수 있나.
대체에너지는 모두 '원래에너지'이기 때문에.

대체에너지의 사용은 자연이 주는 수많은 에너지원을
향유하는 도약이고, 원래 인류가 뛰어놀던 자연으로의
회귀이다. 그리고 더이상 누군가의 절약이나
대안생활에만 호소하지 않는 적극적인 흐름이다.

솔라밸리|Solar Valley
외벽 또는 천장에 태양열 집전판을 설치하여 태양열에너지를 얻는 건물들이 간간이 보이더니,
이제는 아예 기업들이 나서고 있다. 실리콘밸리에서 점점 반도체(실리콘)가 사라지고
태양광에너지 사업에 투자하는 기업이 급증하는 추세를 일러 '솔라밸리'라 한다.
구글, 인텔과 같은 IT 업계의 대표주자들이 솔라밸리 조성에 적극 지원하고 있으며
국내 유수의 전자업계 기업들도 관심을 보이고 있다.

다시, 야트로파

열대지방에서 자라는 키다리나무, 야트로파.
1년에 2번 기름진 열매가 열린다.

그 씨앗에서 나오는 기름은 대체에너지의 원료가 된다.
액즙에 독성이 있어 먹을 수 없으므로 식량 가격 상승의 부작용이
없고, 개간하지 않은 황무지에서도 잘 자라므로 토지 가격 상승의
부작용도 없다.

원래부터 우리 곁에 존재해온 착한 에너지.

진흙쿠키

원조의 블랙홀

에코 셀러브리티

CSR

푸드 마일리지

공정한 거래

내 생애 가장 친환경적인 일주일

JOINing

강요할 수 없지만
함께할 수 있는 일들

16
에코 셀러브리티

이 사람은 누구일까요?

1981년 6월 9일 출생.
8살 때부터 자발적으로 채식 시작, **완벽한 채식주의자.**
하버드 대학교 심리학 학사.
20대 중반, 르완다 방문.
그 뒤 다큐멘터리 영화 〈벼랑 끝에 몰린 고릴라Gorillas on the Brink〉 제작,
동물 애호가로 활동.
친환경 구두 브랜드 런칭, 수익금의 5%를 자선단체에 기부.
유명한 영화배우인 그녀는 인터뷰 석상에서 채식과 동물 애호에 대해
이야기했다. 그리고 그녀 외에도
많은 스타들이 환경을 생각하는 삶,
지구를 살기 좋은 곳으로 만들기 위한 삶을 실천하고 있나.

배트맨

혼돈과 음모의 도시, 고담을 지키는 영웅.
그를 연기한 배우 크리스천 베일은 9살 때 『샬롯의 거미줄』이라는
동화를 읽는다.
동화에는 작고 귀여운 아기 돼지가 겨울이 오기도 전에 햄이나
소시지가 될지도 모를 자신의 운명 앞에 오들오들 떨고 있는 모습이
나온다.
그는 이때부터 다시는 고기를 먹지 않겠다고 다짐한다.

누구나 다른 생명을 소중히 여기는 마음, 마구 죽임을 당하는
동물들을 측은해하는 마음을 갖고 있지만, 그럼에도 변함없이
또 아무 생각 없이 고기를 먹는다.
우리가 인식하든 인식하지 못하든 변하지 않는 사실은,
우리는 분명 생명의 공포, 동물의 두려움을 먹고 있다는 것이다.

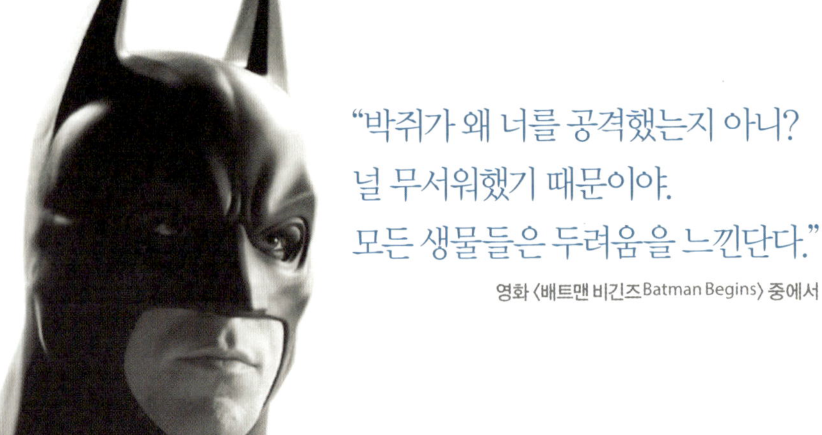

"박쥐가 왜 너를 공격했는지 아니?
널 무서워했기 때문이야.
모든 생물들은 두려움을 느낀단다."

영화 〈배트맨 비긴즈Batman Begins〉 중에서

스파이더맨

거미줄을 펼치며 빌딩숲을 가르는 영웅, 토비 맥과이어.
그는 고기가 닿았던 레스토랑의 포크를 사용하는 것조차 두려워
자신의 전용 포크와 나이프를 챙겨 다닐 정도로 엄격한 채식주의자이다.
〈스파이더맨〉 시리즈를 위해 몸을 키워야 할 때도 채식만으로
멋진 체격을 완성해 주위를 놀라게 했다.

간달프

〈반지의 제왕〉에서 선한 힘을 발휘하는 마법사를 연기한 이언 매켈런은
어느 아침, 템스강가를 산책하다 강물을 따라 떠내려오는 동물의
사체를 목격했다.
송아지인지, 개인지, 염소인지 알 수 없는 사체를 보고 24시간 동안
음식을 먹지 못한 그는 채식주의자가 되었다.

화장품 광고의 카피 같은가?
외적 아름다움은 한 꺼풀 피부 껍질일 뿐이라는 것을 직접 증명하듯
마음속 아름다운 의지를 실천하는 그녀들이 있다.

오드리 헵번

〈로마의 휴일〉〈티파니에서 아침을〉〈사브리나〉 등으로
전 세계인의 사랑을 한 몸에 받으며 독특한 '헵번 스타일'을 구축한
아름다운 영화배우.
"날씬해지고 싶다면 다른 사람과 나눠 먹으세요"라고 했던 그녀는
소식(小食)을 실천하는 것은 물론, 동남아시아와 아프리카의
어린이들을 위한 사업에 앞장섰다.
그리고 직장암으로 투병하던 말년의 5년 동안을
유니세프 친선대사로 활동했다.

줄리아 로버츠

〈귀여운 여인〉으로 만인의 연인이 된 그녀.
영화 〈에린 브로코비치〉 출연을 계기로 환경 문제에 관심을
갖게 되었다. 이후 뉴멕시코의 야생지역 개발을 막기 위해 직접
토지를 구입하고, 친환경 연료인 바이오디젤을 생산하는 기업의
대변인으로도 활동하고 있다.
쌍둥이를 출산한 후에는 아이들에게 친환경 소재로 된 기저귀를
채웠으며, 물건을 사러 갈 때는 반드시 시장 가방을 챙겨가도록 하는 등
일상 속의 환경교육도 꼼꼼하게 실천하고 있다.

안젤리나 졸리

비행기를 탈 때도 도시락을 따로 준비하기로 유명한 그녀.
유기농식품과 채식을 고집하며 육체적, 정신적 아름다움을 추구하는
그녀는 개발도상국의 아이들을 입양하여 기르고 있다.
또한 유엔난민고등판무관실UNHCR의 친선대사로 활동하며
2003년에는 탄자니아 루구루캠프의 결연아동을 위한 막사 건설에
참여했고, 2004년에는 대표적인 분쟁지역인 수단 다르푸르에서
봉사활동을 펼쳤다.

마룬 5

북미 투어 콘서트 당시 친환경적인 진행을 약속하며 바이오디젤을
연료로 쓰는 버스로 이동하는 한편, 콘서트 티켓 1장당 1달러씩
환경단체인 글로벌쿨Global Cool에 기부했다.
환경운동을 향한 열정을 인정받아 2006년 환경 미디어 어워드
Environmental Media Awards 수상.

바브라 스트라이샌드

1억 5,000만 장에 가까운 앨범을 판매한 인기 가수인 동시에
영화배우인 그녀는, 스트라이샌드 재단을 설립하여 환경, 여성,
인권, 그리고 에이즈 연구에 2007년 한 해 동안 1,100만 달러
(한화 약 110억 원)를 기부했다.
또한 미국 정부의 전쟁계획에 반대하며 평화의 메시지를 전하기도 했다.

1994년 영화 〈레옹〉으로 월드스타로 떠오른,
나탈리 포트만이 한 인터뷰를 통해 전한 이야기.

"나는 매우 엄격한 채식주의자이고, 동물에 대한
잔인한 처우에는 진심으로 반대하지만, 설교가는 아니다.
나는 누군가를 강제로 변화시키려고 노력하지 않는다.
내가 내 가치에 따라 행동하듯
타인도 스스로 선택해야 한다고 믿는나.
누군기 내게 묻는다면,
매사를 무신경하게 흘려보내지 말고,
자신의 의겨을 가지면 된다고 말하고 싶다."

매사를 무신경하게 흘려보내지 않는 방법

1. 몸의 움직임을 귀찮아하지 않는

그대들의 **BMW**이용하기 : **Bus/Bike, Metro, Walking.**

2. 비판하는 데 그치지 않고, 문제를 해결하려는 움직임에 동참하거나 기부하기.

3. 주변 사람들에게 어려움에 처한 이들에 대한 공감과 나눔의 메시지가 담긴 편지 전하기.

4. 하루에 한 번은 하늘을 올려다보며 자연의 아름다움과 소중함을 생각하기.

5. 집을 나서기 전 거울을 보며, 오늘 하루는 더 나은 세상을 위해 어떤 실천을 할지

한 가지씩 다짐하기.

사람들을 유쾌하게 대하기, 마트에 갈 때 시장 가방 가져가기,

친구에게 유기농제품이나 공정무역 제품 선물하기 등.

17
공정한 거래

Fairtrade food
fights poverty
Buy
from Oxfam
100% of Oxfam's
profit goes to
overcome poverty
around the world.
© Christian Guthier

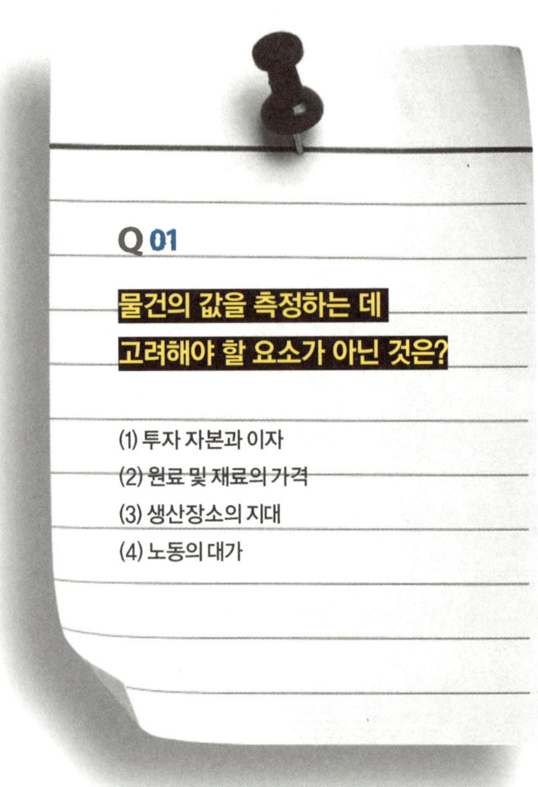

현대 자유무역시대의 정답은 (4)노동의 대가.
세계화의 물결에 춤추는 다국적 기업은 노동의 가치를 고려할
필요가 없다.
몇 푼 안 되는 돈을 받고 일할 사람들은 가난한 마을에 널려 있고,
가난한 마을은 지구 곳곳에 널려 있기 때문이다.

처음부터 그 마을들이 지금처럼 가난하고 무력했던 것은 아니다.
예전에는 그 땅에도 마을 사람들이 먹고 살 곡식과 채소가 자랐다.
그런데 그곳에 점점 다국적기업이 손을 뻗치기 시작했다.
농민들이 먹을 작물이 아닌, 선진국의 기호품으로 수출될
상품작물의 재배가 시작된 것이다.

처음에는 농민들에게도 이득인 것처럼 보였다.
비료와 운반차량을 구입할 돈도 쉽게 대출되었고 수익도 높았다.
사람들은 경작 면적을 점차 넓혔다.
그러나 몇 년 후, 화학비료에 오염된 땅에서 작물은
예전만큼의 생장을 보이지 않았다.
게다가 너도나도 같은 작물을 기르면서 가격도 많이 떨어졌다.
수입은 줄었는데 대출금의 이자는 점점 늘어만 가서 땅을
팔아야 하는 지경에까지 내몰렸다.

이제 칼자루는 거대 자본으로 넘어갔고, 농민들은 자신이 기른
작물의 값이 노동의 가치보다 훨씬 높아 먹을 수 없게 되었다.

작물의 가격을 매기는 데 '노동의 가치'는 더이상 고려되지 않는다.
세계 시장을 움직이는 이들의 전략에 따라 가격은 급격히 변동하며
언제 어떻게 변할지 모를 시장 가격에 농민들의 생존권이 걸려 있다.

선진국의 자본과 후진국의 풍부한 노동력 및 자원이 만나 효율적인
생산을 하게 된다고 배운 '플랜테이션'.
그러나, 누구의 효율이며 누구를 위한 생산인가.

세계 시장 커피 평균 가격(1파운드당)

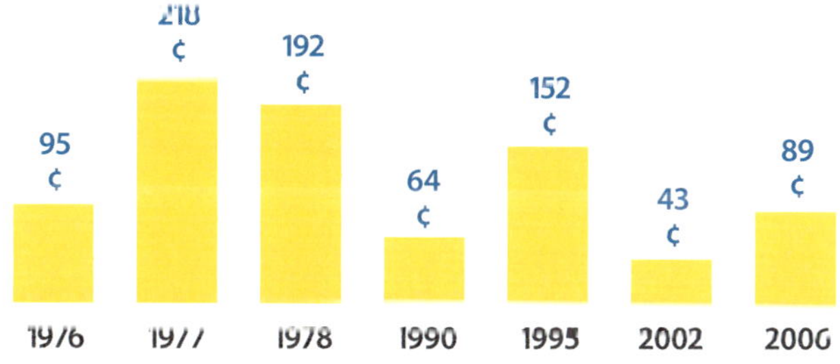

마일즈 리트비노프 · 존 메딜레이, 『공정무역—인간의 얼굴을 한 시장경제』(김병순 옮김, 모티브북, 2007)

Q 02

무역은 왜 하는가?

(1) 저마다 특색이 다른 지역에서
각기 다른 풍부한 물자를 교환하여
풍요로운 세상을 만들기 위해
(2) 한쪽이 수단을 가리지 않고
다른 쪽을 이용하여 이윤을 극대화하기 위해

500원짜리 초콜릿(약 20g)이 우리 손에 들어오기 위해서는,
먼 나라 사람들이 코코아 40개를 따서 말리고 각종 재료와 섞어 만든
초콜릿이 바다를 건너와 한국의 창고에 도착하고,
그 뒤 다시 기나긴 운송과정을 거쳐 상점에 진열되어야 한다.
복잡한 과정과 먼 여정을 거쳐온 식품을 우리는 어쩌면 이렇게
싸게 먹을 수 있을까?

많은 물량을 한꺼번에 생산하기 때문에 원가를 절감했을 수도 있지만,
근본적인 이유는 그들의 노동력과 그들의 터전에서 나는 자원의
가치를 아주 낮게 매겼기 때문.

카카오 농장의 노동자들과 카카오나무들이 착취당하는
덕분에 초콜릿을 생산하고 판매하는 다국적기업의
CEO들은 호화로운 생활을 즐길 수 있고,
우리는 싼값에 초콜릿의 달콤함을 누릴 수 있다.

네덜란드의 한 저널리스트는 생산 현장의 생태를 무너뜨리고
노예처럼 부려지는 아이들의 노동력으로 만들어진 초콜릿을 먹는
자신을 유죄로 판결해달라며 스스로 법정에 섰다.
25만 명의 어린이 노동자들이 카카오를 따기 위해 혹사당하는 현실을
알리고 싶었기 때문이다. 그는 무죄를 선고받았고 재판은 끝났다.

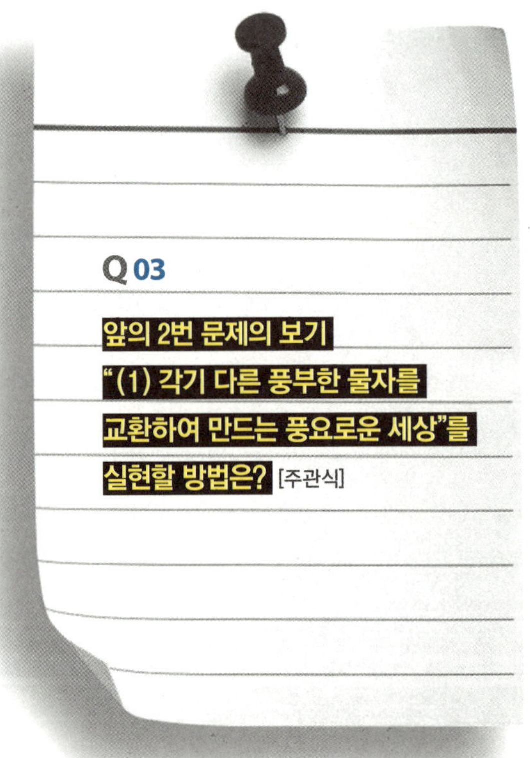

각 지역에서 고유의 작물, 고유의 생산방식, 고유의 개발기술을
바탕으로 생산된 물품에 노동력과 자본의 가치를 정당하게 매겨서
정해진 가격으로 어느 한쪽의 강요나 종속 없이 자유롭게 주고받는
올바른 무역.

인간이 만든 시장을 진화시킬 수 있는 발판, 공정무역

1958 미국에서 최초의 공정무역 상점 오픈.

1964 최초의 공정무역기구 '옥스팜 트레이딩' 설립.

1989 네덜란드에서 최초의 공정무역 인증 제품인 '막스 하벨라르' 커피 출원.

1997 17개국이 참여한 가운데 국제공정무역상표기구FLO 창립.

2002 국제공정무역인증상표 탄생.

2006 영국에서 2002년 약 100여 종에 그쳤던 공정무역 상품이 2,000종까지 증가.

그리고 2008년, 아직은 전체 시장에서 소수일 뿐인 공정무역 시장.

Q 04

**공정무역 활성화를 위한 노력은
어떤 의미가 있는지 모두 고르시오.**

(1) 제3세계 노동자들이 빈곤에서 벗어나
일하는 보람과 자부심을 느낄 수 있다.
(2) 공정무역의 이윤 가운데 일부는 제3세계를
돕는 데 활용된다.
(3) 소비자들이 지불한 비용이 중간과정에서
부도덕하게 사라지지 않는다.
(4) 생산지의 환경, 특성, 문화를 보존한 상품을
생산하여 더 나은 세상을 만드는 데 도움이 된다.

정답은 (1)~(4) 모두. 그리고 예시.

ex 1) 피우라의 발레 델 치라 협동조합

페루 하면 떠오르는 안데스산맥.
그 서쪽 기슭에 자리하고 있는 피우라.
16세기 중반, 서구 식민주의자들이 잉카제국을 정복하기 위한
전진기지로 삼았던 곳. 이곳 사람들은 주로 바나나 농장에서 일을
하여 생계를 유지했다. 이곳에 공정무역 시장의 손길이 닿았고,
발레 델 치라Valle Del Chira 협동조합 결성. 182명의 소농으로 구성된
이들은 공정무역을 통해 생긴, 자신들의 노동 가치에 합당하게
매겨진 '이득'을 갖고 마구잡이였던 소규모 농토와 주변 도로를
정비하고 보다 체계적인 시장 관리를 하게 된다.

ex 2) 닐기리스 차 농장의 퇴직연금

드넓은 인도 대륙의 남쪽 서고츠산맥에 위치한 닐기리스.

차(茶) 생산지로 유명한 이 지역의 차밭에서 일하는 수천 명의 사람들 중

나이 등의 이유로 노동력을 제공할 수 없게 된 이들에게 남은 길은,

농장을 떠나 도시 빈민이 되는 것뿐.

다른 생계 수단은 없었다.

그러던 어느 날 이곳에도 공정무역이 시작되었다.

예전에는 전혀 얻을 수 없었던 이익 발생.

노동자들은 이것으로 연금을 조성하였고

퇴직한 노동자들은 15년 동안 매달 최소 생활을 유지할 수 있는

연금을 받게 되었다.

마일즈 리트비노프 · 존 메딜레이, 『공정무역―인간의 얼굴을 한 시장경제』

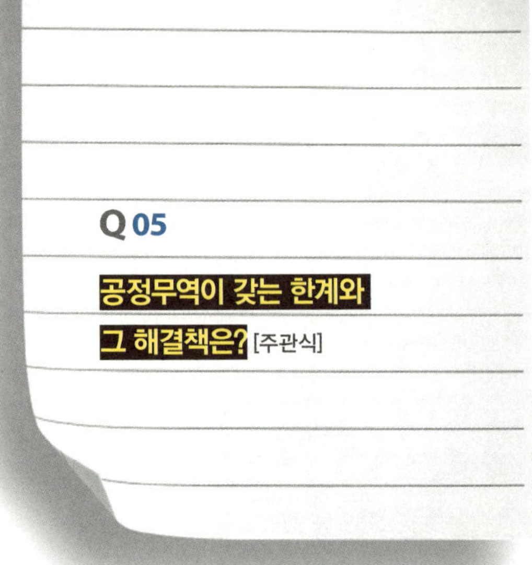

공정무역의 가장 큰 한계,
철저히 소비자의 양심 또는 선심, 그리고 경제적 여력에 달려 있다는 것.
세계의 경기, 특히 선진국의 경기가 좋지 않아 소비가 줄어들 경우
공정무역 시장은 무너질 수밖에 없다.
선진국 및 경제적으로 여유 있는 자들에게 의존할 수밖에 없는,
취약한 시장.

그러나 놀라운 것은 선진국의 경제 발전이 둔화되고 있는 가운데서도
공정무역 상품의 교역량은 점차 늘어나고 있다는 것.
예를 들어 현재 전 세계에 유통되는 공정무역 커피는 전체 시장의
0.1%에 불과하지만, 수량은 해마다 20~30%씩 꾸준히 증가하고 있다.

시장이 진화하고 있는 걸까?
아니면 기존 무역 시장의 폐해를 보고만 있지 않을 만큼 사람들이
변화하는 것일까?
하지만 희망적인 상황에서도 최소한의 대책은 필요하다.

공정무역 시장이 사라지더라도 기본급여 보장제도는 남겨둬라

지각 있는 소비자들이 이의를 제기할 경우,
매스컴을 통해 노동 착취 현장이 고발되면서 잠시 항의가 빗발칠
경우, 기업은 '윤리'가 아니라 '이미지' 때문에 잠시 조치를
취하기는 했지만, 그동안 제3세계 노동력에 대한 터무니없이 낮은
대가에 대해 기업은 파렴치했고 전 세계의 소비자는 무관심했다.

모든 노동자들에게 그들이 일한 만큼, 그들의 터전에서
생계를 유지하고 미래를 계획할 수 있을 만큼의
가치를 지불하도록 하는 규제와 감시가 필요하다

기본급여 보장제도의 정착은 공정무역 업체들이 제3세계와
활발하게 교류하는 것보다 더욱 근본적인 해결책이 될 것이다.

공정무역을 통해 얻은 자신감과 경험으로 '자급'의 통로를 열어라

과도하게 정해진 시간, 부당하게 정해진 임금,
다른 선택은 거의 없는 상황에 무력했던 사람들.

이들은 공정무역 시장의 생산자가 되면서 능동적으로 생산의
효율성을 높이는 데 참여하고 예전에 없던 이득으로 사회 기반을
구축해가는 경험을 통해 자부심과 자신감을 얻었다.

이를 바탕으로 세계 시장에 자신의 생계를 맡기지 않고
더 적극적인 대안을 마련하는 사람들이 있다.
그들이 선택한 대안은 '자급'.

1994년 케냐에서 발족한 ABLH The Association for Better Land Husbandry는
자국의 수천 명의 소농이 먹을거리를 직접 생산하고 남은 것을
해당 지역과 국내에서 유통하고 판매할 수 있도록 돕는다.

선진국에 거점을 둔 기존의 공정무역 시장에서 벗어나
노동하고 생산하는 지역에 공정무역 시장을 만드는 것이다.

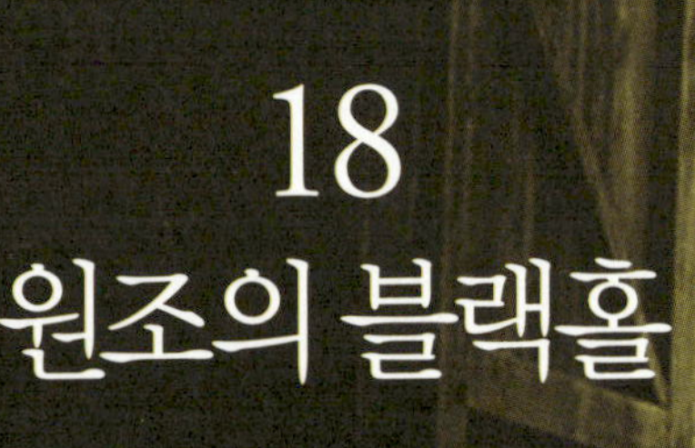

18
원조의 블랙홀

안녕하세요.
저는 아프리카 대륙 동쪽에 위치한 케냐에 살고 있는
교육공무원입니다.

1년에 **2,000**번.
제가 기부단체나 원조 개발자와 갖는 회의의 빈도입니다.
휴일까지 회의를 한다 치더라도
하루에 5번이 넘는 회의를 하는 것이지요.
그런데도 우리 아이들 10명 중 하나는
굶주림과 사소한 질병으로
5살을 넘기지 못하고 죽습니다.

제가 들인 시간과 비용은 대체 어디로 사라진 걸까요?

지난 50년 동안 선진국 및 서방 국가에서 해외 원조에 투자한 금액은
2조 3,000억 달러,
하지만 여전히 12센트짜리 약을 구하지 못해 말라리아로 죽는
사람들이 있고, 개발도상국 아이들 중 약 10%는 굶주림과
사소한 질병으로 만 5세를 넘기지 못하고 사망하고 있습니다.
안타깝고 의아한 일입니다.

그 인력과 시간과 비용은 대체 어디로 사라진 걸까요?

원조의 블랙홀이라도 존재하는 걸까요?

세계은행의 2006년 보고 자료에 따르면
후진국의 에이즈 퇴치를 위한 자금의 절반가량이 의약품 암시장,
터무니없이 높게 책정된 운송료, 유령 고용인의 월급 등으로
유용됐다고 합니다.
이 프로젝트뿐 아니라 기부와 원조의 과정은 구조적 문제에
노출되어 있습니다.

우선, 기부와 원조가 이루어지는 곳은
도움을 받을 현지에서 멀리 떨어진 선진국의 도시입니다.
기관의 유지비와 인건비 등, 간접비용이 차지하는 부분이 커서
예산의 일부만이 실제 원조에 쓰이는 경우가 많습니다.

뿐만 아니라, 대상 지역에 재해나 분쟁이 일어나면
그 지역을 위해 일하던 외국인은 그곳을 떠나게 됩니다.
임기를 마친 경우에도 마찬가지이지요.
그 땅에서 평생을 살아갈 사람이 아니라면,
장기적인 효과는 보장하기 어렵습니다.

그렇다고 원조기구의 인력을 무조건 줄이거나
공터에서 사무를 보게 할 수는 없고,
분쟁과 내전의 피해를 직접적으로 겪고
있는 위험한 지역에 무턱대고 들어갈
수도 없는 노릇입니다.

그렇다면, 원조는 안 하느니만
못한 일일까요?

잠시 수십억 년 전의 지구 이야기를 하겠습니다.
먼 옛날, 천체와의 충돌로 지구가 순식간에 이산화탄소를 잔뜩
뒤집어쓰면서 대기 온도가 전에 없이 상승하여
바닷물까지 모조리 말라버린 때가 있었습니다.

그 시기의 것으로 추정되는 지대의 소금 결정.
그 안에 갇혀 있는 아주 작은 물방울.
그리고 그 속에서 발견된 원시 미생물들.
수십억 년이 지난 지금, 이 미생물들에게 양분을 공급하고 지켜본 결과,
4개월 후 이 생물들은 다시 살아났습니다.

생존하고자 하는 의지는 이렇게 수십억 년의 기다림도,
견딜 수 없을 것만 같은 이변과 시련도 이겨내게 합니다.

30년간 극렬한 내전과 전쟁으로 신음해온 아프가니스탄.
희망이라고는 1g도 없을 것만 같은 그 폐허가 변화하고 있습니다.
2000년에는 단 한 명도 없었던 '공식' 여학생이
2007년에는 아프가니스탄의 전체 학생 가운데 1/3을 차지할 만큼
의식이 변화하고 교육 수준이 향상되었습니다.

불규칙적인 식량 원조로 오히려 무력함에 빠졌던 이웃나라 우간다의
한 마을은 한국의 한 원조기구의 도움으로
사람들이 다시 노동의 가치와 효과를 깨닫고
밭을 갈고 작물을 길러 먹고 남은 것을 시장에 팔 수 있을 정도로
활기를 되찾았습니다.

제가 1년에 2,000번의 회의를 하는 동안 2008년,
유가 급등에 따른 세계적인 경기 침체에도 불구하고
미국은 기부금 규모를 종전보다 3배나 늘려 10억 달러로 세계 1위.
캐나다(1억 9,000만 달러), 영국(1억 1,000만 달러),
그리고 마땅한 일자리를 구하지 못해 독립하지 못하는
1,000유로 세대가 사회문제로 대두되고 있는 이탈리아(9,900만 달러)도
기부금이 예전보다 2~3배 늘었다고 합니다.

이제까지의 원조방식은 그 대상을 무지하고
무력하고 아무 발전 가능성이 없는 존재로
간주해서 일방적으로 원조해주는 것이
대부분이었습니다.

하지만 개발도상국 사람들이 손쓸 도리
없이 무지하고, 그 땅이 발전 가능성을
보이지 않는 것은 아닙니다.

그들의 의지, 그들의 땅이 가진 가능성을
최대한 활용할 줄 모르는 기존의
원조방식이야말로 무지의 소치입니다.

최대한 현지 노동력을 활용하여 자생력과
자긍심을 키우기보다는 재빨리 성과를 내기
위해 자신들의 방식대로 분배하고 건설하는
원조방식은 밑 빠진 독에 물 붓기입니다.

이러한 무지를 깨지 않는 한, 원조는 계속해서
블랙홀 속으로 빠져들 수밖에 없을 것입니다.
하지만 무지를 깨고 '지금의 약자'인 이들과
그들 터전의 가능성을 연구하고 활용한다면,
원조는 좀더 나은 세상을 만드는 열쇠가 될 것입니다.

물고기를 잡아주는 것은 이미가 없습니다.
이제, 삽는 방법을 알려주어야 합니다.

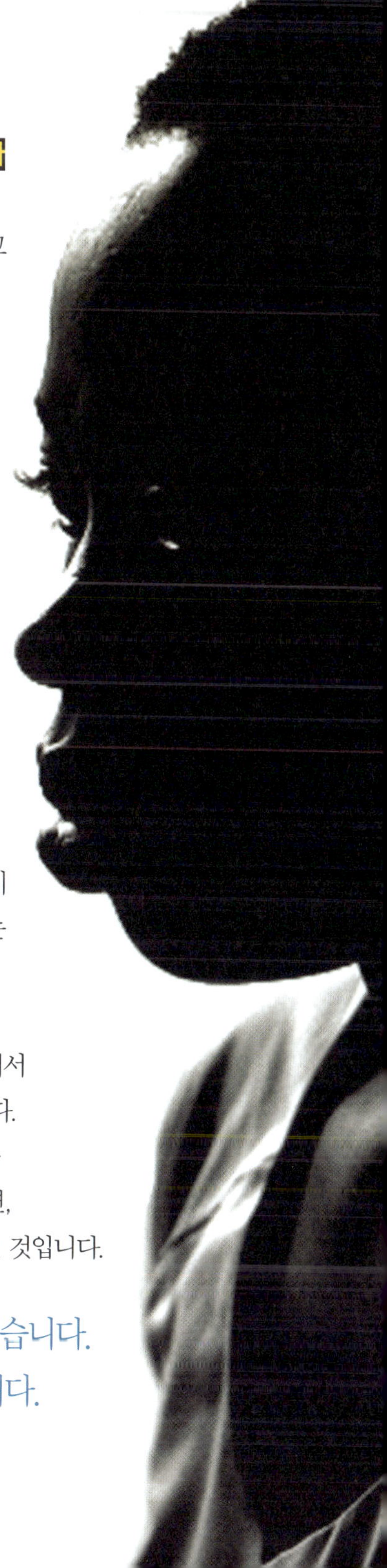

'지구촌나눔운동'의 동티모르 개발 프로젝트

1. 설비과정에서 마을 사람들의 노동력을 최대한 활용한다.
: 자신의 터전을 개발하는 데 참여했다는 자긍심과 시설에 대한 책임감을 부여한다.
: 현지인들의 의견을 적극 수렴하여 현지 환경에 적합한 시설 건축과 보수가 가능하다.
: 선진화된 기술 및 작업과정을 경험하게 하여, 개발 프로젝트가 끝난 뒤에도 스스로
  간단한 설비와 보수를 할 수 있도록 한다.

© Joe Mckay
www.focalpointaid.org

2. 원조 자금이 아닌, 마을 사람들이 스스로 준비하는 마을 잔치를 개최한다.
: 스스로 즐거운 행사를 만들면서 무력감을 해소한다.
: 오랜 분쟁, 빈곤 등으로 와해된 공동체의식을 환기하여 지역 발전에 밑거름이 되는
  '정신적 유대'를 강화한다.

3. 청년들을 교육시켜서 마을 아이들을 가르치게 한다.
: 청년들에게 글자와 셈을 가르치는 데서 그치지 않고,
이들이 마을의 어린아이들을 가르치는 봉사자가 될 수 있도록 한다.
: 청년들에게 '스스로 누군가를 가르치고 도울 수 있다'는 보람을 심어주고,
  마을을 위한 봉사의 의미를 몸소 체험하게 한다.

'국제아동돕기연합'의 CNSC Children's Nutrition Support Center 프로젝트

1. 현지 환경에 맞춘 양계장 또는 목장을 운영한다.
: 굶주린 아이들에게 일시적으로 식량을 지원하는 것이 아니라, 지속적으로 달걀과
  우유를 제공한다.
: 아이들로 하여금 가축들이 자라는 과정을 직접 보고 돕게 하여 생명의 성상,
  그리고 그에 따른 수확의 기쁨을 느끼게 한다.

2. 간단한 질병의 예방과 치료를 하는 보건센터를 운영한다.
: 개발도상국 이이들의 주요 사망 원인은 '긴단히 예방 및 치료가 가능한 질병'.
  최소의 비용으로 최대의 효과를 거둘 수 있는 이 분야에 원조하여 아이들이 기본적인
  건강 상태를 유지한다.

3. 현지 인력을 치대한 활용한다.
: 목장과 보건센터 운영에서 현지 인력을 최대한 활용하여 생산과 관리의 경험을 제공한다.

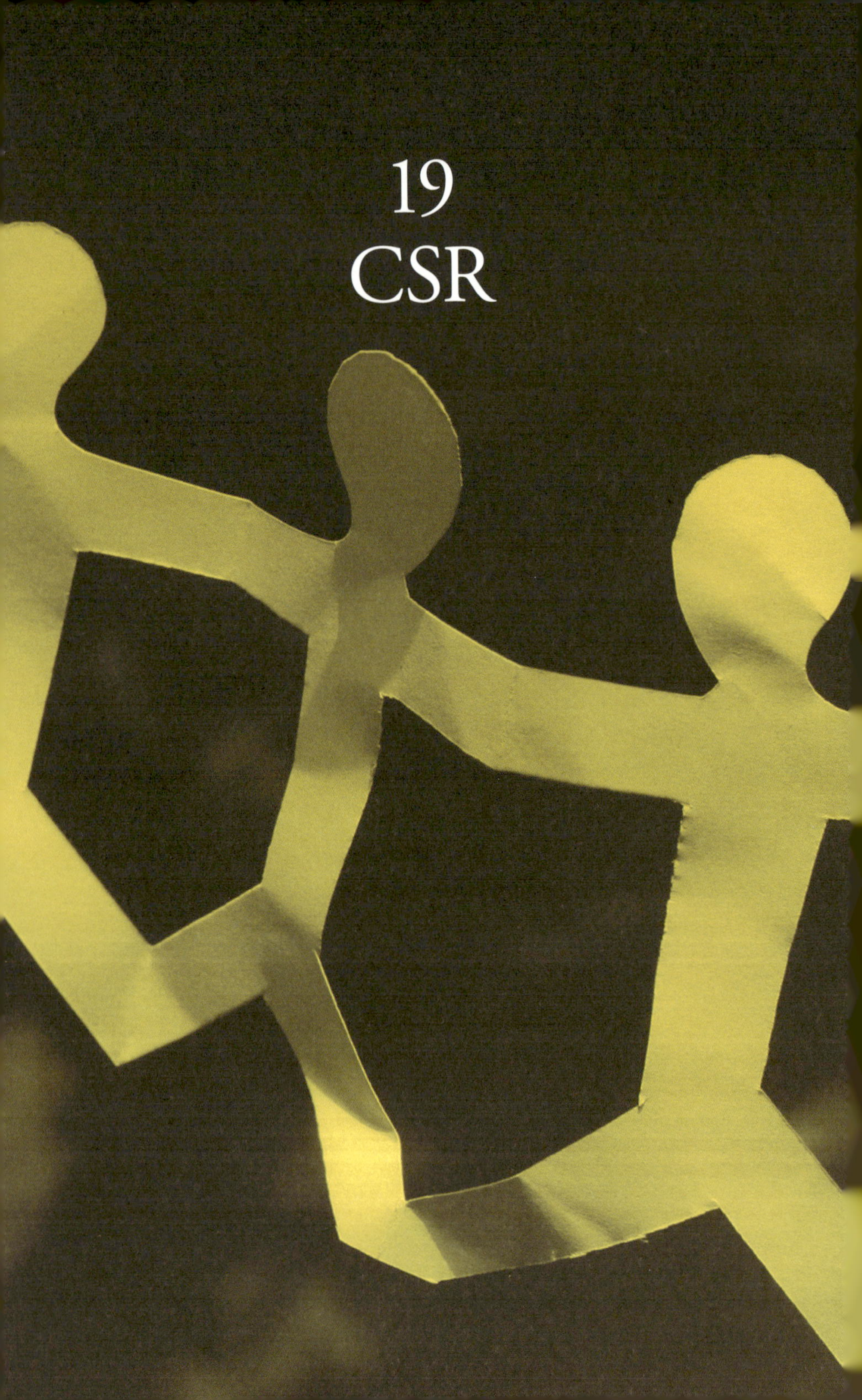

19
CSR

기업의 사회적 책임 CSR

기업 :

영리를 얻기 위하여 재화나 용역을 생산하고 판매하는 조직체.

기업 :

해당 사회의 사람을 고용하여 생산하고,

그 사회의 사람들에게 소비하게 하는,

그 사회의 사람을 기반으로 영리를 얻는 조직체.

기업 :

기반이 되는 사회가 없다면 존재할 수도, 존속할 수도 없는 조직체.

중세 유럽의 기사와 공주들이 출연하는 영화,
〈킹덤 오브 헤븐Kingdom of Heaven〉의 주인공 발리안.
척박하고 메마른 땅에 영주로 부임한 그는,
사막 기후의 황무지를 살기 좋은 곳으로 바꾸기 위해 마을 사람들과
함께 우물을 판다.
얼굴과 옷은 더러워져 귀족이라고는 믿을 수 없는 모양새가 된
그에게 한 아이가 다가와 물을 건네주며 격려한다.

발리안은 왜 직접 우물을 파는 일에 뛰어들었을까?
일할 사람이 없어서? 영주라면 영지 내의 아랫사람들을 시켜도 충분하다.
그가 너무 착해서? 아니, 그가 아주 똑똑해서일 수도 있다.

영지 안에 마을 사람들이 있기 때문에 발리안은 영주가 될 수 있다.
물 부족으로 고통스러운 사람들은 그 땅을 떠날 수도 있고,
그 땅에서 신음하다 죽을 수도 있다.

영주 발리안의 선택은, 직접 우물을 파는 것.
자신이 속한 사회의 문제점에 대해 책임감을 가지고 뛰어드는 것.

기업의 존재 이유 = 이윤 추구

기업이 생산하는 물건이나 서비스를 만드는 사람들, 찾는 사람들,
구매할 수 있는 사람들이 있을 때 기업은 존재 가능하다.

그리고 그 사람들이 살아가는 사회를 덜 빈곤하게, 보다 평등하게
만드는 것은 곧 자신들의 존재 기반을 탄탄히 다지는 일이다.
발리안이 우물을 파서 마을 사람들에게 더 나은 삶의 터전을
제공하고 자신의 역할을 다한 것처럼, 기업은 사회에 도움이 될 만한
행위를 통해 이윤 추구의 장을 더욱 나은 환경, 더욱 풍요로운
환경으로 만들 수 있다.

이윤 추구의 장을 발전시키는 것은 기업이 자신의 존재를 위해
마땅히 해야 할 일.

책임 = Responsibility

즉, 착한 기업이 되기 위해 의무적으로 행하는 책임이 아닌,
자신의 존속을 위해 필요한 일.

기업이 CSR에 들이는 비용은 이윤을 포기하고 내던지는 비용이 아니다.
이윤을 내기 위해 반드시 필요한 사회를
건강하게 유지하는 또하나의 투자이다.

어떤 기업은 올바르지 못한 방식으로 이윤을 추구한다.
사회를 물질만능주의와 천민자본주의로 물들게 하는 기업도 있다.

이윤 추구방식 하나, 비용을 줄여라.
비용을 줄이는 방법 하나, 임금을 줄여라.

엘살바도르의 다국적 브랜드 셔츠 제작업체에서
일하는 노동자들은 하루 12시간씩 일을 하며 시간당
80장의 셔츠를 만든다. 수량을 채우지 못하면
초과 근무를 해야 한다. 초과 근무에 대한 수당은 없다.
하루에 1,000장가량의 셔츠를 만들면서 그들이 받는
임금은 고작 5유로. 구내식당의 식대는 2.55유로.
차비가 부족해 걸어서 출근하다 지각하는 바람에
해고당하기 일쑤다.

한스 바이스, 「나쁜 기업」(손수희 옮김, 프로메테우스, 2008)

비윤리적인 생산과정과 경영방식을 개선하는 것,
잘못된 이윤 추구로 인해 사람들에게 수었넌 고동을 치유하고
그들에게서 빼앗은 희망을 돌려주는 것 역시 CSR이다.

"직원들이 사회적으로 책임 있는 회사의 모습을
경험하지 못한다면 다른 이해관계자들에게
전적인 신뢰를 얻을 수 없다. 이것이 바로 우리가
CSR 전략을 병행하여, 책임 있는 음주문화 권장 등
보다 나은 근무 환경 조성과 같은 간단한 문제를
조직 내부에서부터 시작하는 이유이다."

덴마크 제약업체 노보 노르디스크의 기업 커뮤니케이션 부사장 마이크 룰리스

기업이 사회를 기반으로 존재하듯이, 기업을 기반으로 돌아가는
현대 자본주의사회.
기업이 있어 사람들은 일자리를 얻고 생계를 유지하며, 자기가 직접
만들 수 없는 물건을 사용하고 직접 할 수 없는 서비스도 제공받는다.
따라서 사회 구성원은 기업이 제 역할을 다 할 수 있도록
지켜볼 책임이 있고, '착하고 올바른 기업'이 성공하는 분위기를
만들 책임이 있다.

이러한 책임이 요구되는 이유는 간단하다.
CSR이 기업의 본래 목적인 '이윤 추구'와 동떨어져 있기 때문에
불필요하다는 목소리,
CSR이 '작은 선행'으로 '거대한 부조리'를 가리려는 눈속임일 뿐이라고
주장하는 목소리도 있기 때문이다.

"CSR은 기업으로 하여금 가장 중요한 역할인
이윤 추구로부터 멀어지게 함으로써 시장을 왜곡할 수도
있기 때문에 바람직하지 않을 뿐만 아니라 잠재적으로
매우 위험한 것일 수 있다."

칼럼니스트 마틴 울프

"CSR 활동이 실행에 성공적일 경우 미래 기업활동의
중추가 될 수 있겠지만, 잘못될 경우 악취(기업의 부도덕성)를
막는 마개로 전락할 수도 있을 것이다."

영국 「이코노미스트The Economist」

CSR을 올바로 정착시키기 위해서 필요한 것은 우리의 관심과 격려.
착하고 바른 기업에 힘을 실어주는 소신 있는 소비.

우물을 파는 발리안에게 물을 건네주는 아이의 행동처럼…

CSR, 기업의 사회공헌 활동이라고 하면 떠오르는 장면은?
추운 겨울날 사원들이 골목길에 줄줄이 서서 연탄을 나르는,
다소 식상한 모습.

그러나 시대가 변하면서 CSR도 무한변신중이다.

"사회공헌 활동 자체가 똑똑한 비즈니스다."

아메리칸 익스프레스

아메리칸 익스프레스의 카드인 아멕스카드가 발급될 때마다 1달러를,
그리고 한 번 사용될 때마다 1센트를 자유의 여신상 유지 및 복구사업에
환원하는 연계 프로그램을 마련, 대대적 성공을 거둔다.
이 기간 동안 아멕스카드의 사용은 28% 증가.
자유의 여신상 유지 및 복구사업에 쓰일 170만 달러 확보.

"기업은 환경오염에 대한 책임을 져야 한다."

한화그룹

녹색안전구매제도

협력업체 선정과정에서 환경 안전 및 보건 분야에 대한 사전평가를 수행, 일정 기준에
이르지 못한 업체는 제외한다. 사무용품과 소모품도 에너지 절감 제품이나 재활용 제품
위주로 구입한다.

녹색생산제도

휘발성 유기 화합물을 이용하지 않고 잉크와 도료를 생산하는 수용성 수지를 사용한다.
폐스크랩을 재생시켜 생산하는 자동차 내장재, 목재의 버려지는 부분을 이용한 조경 시설물 등
재활용으로 새로운 제품을 생산한다. 재활용이 가능하고 불에 태울 때 다이옥신이
발생하지 않는 친환경 소재를 사용한다.

"CSR의 범위는 관련 분야에만 국한되지 않는다."

국민은행

고맙습니다. 작은 도서관

빈곤층 아이들을 위한 무료 도서관을 설립한다.

국민은행 영어 캠프

가정 형편이 어려워 영어교육을 받지 못하는 아이들을 위한 영어 캠프를 실시한다.

"우리가 생산한 물건이 가질 수 있는 유해함은 우리가 예방한다."

디아지오

세계 최대의 주류 생산기업 디아지오. 그들은 자신들이 생산하는 술이 사람들에게 끼칠 수 있는 악영향을 감안하여 이윤의 일부를 각종 사회사업과 건강한 주류문화 확산운동에 재투자하기로 했다. 각 지역에서 얻은 영업이익의 1%를 그 지역에 투자하는 것과 '책임 있는 음주responsible drinking' 홍보 캠페인이 그것.

"사회의 소수자에게 기회를 준다."

혼다

혼다는 장애인 고용 확대를 위해 노력하는 한편, 장애인이 비장애인과 함께 일할 수 있는 노동 환경을 제공한다.
2006년 3월 혼다의 장애인 고용 비율은 2.3%(일본의 법적 고용 비율은 1.8%).

"CSR도 스타일로 한다."

모토로라

모토로라 RA7R 시리즈의 하나인 RAZR2 WISH 5만 대의 제품에 한해 한 대당 6달러를 한국 Make-A-Wish에 기부하여 난지병 아이들의 소원을 이루어주는 사업에 후원했다. 'Wish Come True'라는 문구가 새겨진 추가 배터리 커버가 함께 출시되었다.

20
진흙쿠키

정제되지 않은 흙에 트랜스지방 덩어리인 마가린과 소금을 섞어
만드는 '눈물의 쿠키'.
젖을 떼면서부터 이것을 먹는 아이티 아이들의 뱃속에는 기생충이 번
식한다.
열량과 영상기는 거의 없으면서 몸속에 기생충을 심는 위험한 주식.

1. 주요 생산지 – 아이티
2. 주요 원료 – 정제되지 않은 진흙, 소량의 마가린과 소금
3. 주요 소비자 – 빈곤층
4. 부작용 – 각종 기생충에 노출됨으로써 질병이 발생할 수 있다.
5. 식용 기원 – 빈곤층의 임신부들이 흙을 통해서라도 철분을 흡수하려고 먹기 시작.
절대 빈곤으로 다른 먹을거리가 마땅치 않은데다, 밀가루는 금방 배가 꺼지지만 흙은
소화가 잘 안 되는 관계로 비교적 포만감이 오래 가기 때문에 1세 미만 영아부터 노인까지
주식으로 섭취.
6. 사람들로부터 예상되는 반응
– 어떻게 저런 일이…
– 불쌍하다.
– 도와줘야지(일단 간식 좀 먹고).

결론 – 매우 잘못된 밥상

1. 주요 원료 – 칠면조의 가슴살

2. 주요 소비자 – 간편한 한 끼 식사로 샌드위치를 즐기는 도시인

3. 영양 – 저지방 고담백

4. 대량 원료 생산방식

– 칠면조 한 마리당 최소한의 면적에 몰아넣어 키움.

– 가슴살을 정상치보다 훨씬 크게 만들기 위해 약품 투여.

5. 원료 생산과정에서 발생하는 문제

– 지나치게 좁은 사육 면적으로 과도한 스트레스를 받은 칠면조가 의미 없는 행동을 반복하거나 자해하는 등 이상행동을 보임.

– 가슴살이 너무 비대해진 칠면조는 정상적인 교미 불가. 수컷에게서 정자를 채취하여, 암컷의 몸을 헤집어 난소를 찾아내 정자를 투여하는 인공수정 필요.

6. 사람들로부터 예상되는 반응

– 어떻게 저런 일이…

– 불쌍하다.

– 설마 내가 저런 걸 먹고 있진 않겠지?

결론 – 매우 잘못된 밥상

평소 비프스테이크 한 조각을 다 먹던 사람이 그 양을
반 조각으로 줄이면 15명이 먹을 수 있는 곡물이 생기는
마법 같은 법칙.

소

1. 비프스테이크의 원료.
2. 사람에게는 에너지원이 될 수 없는 풀을 주식으로 섭취하는 채식동물.
3. 인간은 그들을 더 빨리 더 크게 더 많이 성장시켜 팔기 위해
유유히 풀을 되새김질하던 종에게 막대한 양의 곡물을 먹이고 있다.
전 세계에서 생산되는 옥수수의 1/4가량이 소의 사료로 쓰인다. 소뿐만 아니라 닭, 돼지 등
다른 식용동물들의 대량 사육에도 엄청난 곡물이 투입된다.

고기의 섭취량을 반으로 줄이면?

1. 식용동물의 수요 감소.
2. 식용동물의 공급 감소.
3. 지금과 같은 대량 사육 시스템이 필요 없음.
4. 식용동물에게 투입되는 곡물량 감소.
5. 곡물이 넘쳐나는데도 한 사람의 기름진 식사를 위해 여러 사람이 굶어야 하는 아이러니 해소.
6. 식용동물은 원래의 성장/생활 메커니즘에 따라 사육되는 환경으로 회귀.
7. 그리고, 몸과 마음의 건강.
– 육류를 소화시킬 때 체내에서는 활성산소가 정상치보다 많이 발생.
　활성산소 숨 쉴 때 들이마시는 산소와는 달리 불안정한 상태의 산소. 산화력이 강하여
　생체조직을 공격하고 세포의 기능을 저하시킴. 흔히 '노화 촉진의 주범'으로 알려져 있음.
– 육류를 자주, 많이 섭취하는 사람은 그렇지 않은 사람보다 공격성이 높다는 연구.
비정상적인 사육/도살 환경에서 극도의 스트레스를 체내에 저장한 동물의 몸을 먹기
때문이라는 가설이 유력.

그 어떤 단계라도 정도의 차이일 뿐,
비뚤어진 밥상을 바로잡을 수 있다.

A씨는 과일주스를 만들어 판다.
과일 성분만으로 주스를 만들면 먼 곳까지 운송하거나 며칠씩
보관할 수 없어 안식향산나트륨이라는 방부제를 첨가한다.
최근 미국 식품의약국FDA은 과일주스의 비타민C와 안식향산나트륨이
반응하여 벤젠이 형성될 수 있다고 밝혔는데,
벤젠은 국제암연구센터IARC와 세계보건기구WHO가 규정한
대표적인 발암물질이다.
그는 오늘 아이들에게 미트볼을 만들어주었다.

B씨는 단가를 낮추기 위해 부패하기 직전의 잡육과 뼈 등을 갈아넣고
고소한 맛을 내는 식품 첨가물을 잔뜩 범벅하여 미트볼을 만든다.
그는 오늘 가족들과 싱싱한 야채샐러드를 먹었다.

샐러드용 모듬 야채를 파는 C씨는 채소가 오래도록 싱싱한 상태를
유지하도록 차아염소산나트륨이라는 살균제를 쓴다.
그의 딸은 섬유소를 보충해주는 오렌지색 음료수를 자주 마신다.

그 오렌지색은 또 누군가 코치닐 색소를 넣어 만든 것인데,
이 색소는 선인장에 기생하는 곤충인 연지벌레를 잡아 건조하고
분쇄시켜 추출한 물질이다.

자연 상태에서 얻어진 것이 아닌 정체불명의 이 식품 첨가물들은
인체에서 분해도 배설도 되지 않은 채 쌓여 있으면서
세포의 변이를 일으켜 알레르기, 아토피 등의 증세는 물론
암까지 유발한다.
성장중인 아이들에게는 더욱 치명적이다.
우리 아이들은 옛날보다 더 '풍족하게' 먹고 자란다고 생각하지만,
실은 비지떡만도 못한 정체불명의 독을 먹고 자라는 것이다.

저렴하고 구하기 쉽다는 이유로 '올바르지 않은' 식품으로
장바구니를 채울 때, 지구 곳곳에서는 환경이 오염되고
생태계가 파괴되며, 땀 흘려 일하는 사람들이 굶주리는 한편,
우리의 건강도 위협받게 된다.

올바르게 자란 식품을 소비해야
비뚤어진 밥상과 비뚤어져가는 건강을 바로잡을 수 있다.

21
푸드 마일리지

포코 Poco

식품의 중량(t)에 식품이 생산지에서 최종 소비지로 도착하기까지의
거리(km)를 곱한 값.

이 값이 적을수록 에너지를 절약하고 대기 오염과 지구온난화도
줄일 수 있는 식품이다.
1994년 영국의 소비자 운동가가 만든 이 단위를 통해
우리는 식품이 여정, '푸드 마일리지food mileage'를 계산한다.

방금 나무에서 딴 과일을 옷에 슥슥 문질러 베어먹을 수 있는 시절은
이미 끝났다.
과일과 야채 전용 세제까지 시중에 판매되고 있으며,
식기는 당연히 뽀드득 소리가 날 정도로 깨끗이 닦아야 한다.

절대 청결의 시대,
그러나 아이러니하게도 인간은 무언가를 먹기 위해 지구를
더럽히고 있다.

미국에서 소비되는 에너지의 10%는 식품 재배에 사용,
이는 매년 1,000억 갤런의 석유 소비를 의미하는 동시에,
어마어마한 양의 이산화탄소와 각종 가스 배출을 통한 대기 오염과
지구온난화 가중을 뜻한다.
여기에 운송과 포장, 저장과 처리에 필요한 에너지까지 합친다면
먹기 위해 미국이 소비하는 에너지는 전체 에너지 소비량의 17%.

우리는 너무 많이 먹으면서 너무 많이 오염시킨다.

식품은 억울하다

미국인이 소비하는 고기와 과일은 각각 40%, 수산물은 80%가량을
수입에 의존하고 있다.

부패를 막기 위해 호르몬제와 보존제를 투여, 잘 썩지 않는
포장지까지 입고 난 뒤 이산화탄소를 내뿜는 운송수단을 통해
기나긴 거리를 이동하고 나면, 식품은 억울하게도 에너지 공급원이
아닌 대기 오염의 주범으로 전락하고 만다.

한국의 사정도 크게 다르지 않다.
우리나라 식탁의 자급률은 10% 안팎.
값싼 수입 농산물이 계속해서 유입되는 요즘,
이 땅에서 나지 않는 열대과일까지 비행기와 배와 트럭을 타고
부지런히 지구를 달구며 횡단하고 있다.

운송에만 실제 섭취하는 에너지의 수백 배에 달하는 에너지가 소비되고,
그만큼 발생되는 오염은 지구에게 떠넘기는 우리들의 '먹고살기'.

이제 사람들은 식품에게 묻는다.
"너는 어디에서 어떻게 왔니?"

1994년 영국의 소비자 운동가 팀 랭Tim Lang은
'포코Poco'라는 개념을 제창했다.

Poco = 식품의 중량(t) × 식품의 운송거리(km)
1 Poco = 약 10^{-4}t, 즉 0.1kg의 이산화탄소

식품이 소비자에게 도달하기까지의 경로를 표시한 이 단위를
우리는 '푸드 마일리지food mileage'라고도 부른다.

1994년 이후 유럽 각국에 널리 보급되었으며,
이웃나라 일본에서는 2001년부터 도입, 식품 라벨에 표기하고 있다.
포코가 작을수록 에너지를 절약하고 대기 오염과 지구온난화를
덜 가중시킨 착한 식품이라는 논리.

예전에는 식품을 고르는 기준이 가격, 회사, 원료와 영양분의
구성 정도였다.
하지만 푸드 마일리지까지 고려하면 내 한 끼의 식사가
지구에 얼마나 큰 부담을 주는지 알 수 있다.

시장의 논리에 따라 싼값에 더 많이 배를 채우는 것이
아니라 윤리적인 식생활로 한 차원 발돋움하는 것.

한국의 푸드 마일리지 수치는 일본에 이어 세계 2위.
하지만 푸드 마일리지는 아직 국내에 도입되지도 않았다.
유럽과 일본에서는 라벨을 통해 간편하게 볼 수 있는 '포코'를
우리는 퀴즈 프로그램의 문제로 나와도 맞히지 못한다.

1987년 세계환경개발위원회에서는 '지속 가능한 개발'이라는 말을
처음 사용했다.
미래 세대의 욕구를 충족시킬 능력을 손상시키지 않으면서
우리 세대의 욕구를 충족시키는 개발이라는 뜻.

그로부터 20년이 지난 지금,
우리는 '지속 가능한 식생활'을 얘기해야 할 상황에 이르렀다.
생태계의 수용 능력을 보존하는 수준에서 인간의 욕구를 충족시키며
인간과 환경이 공존할 수 있는 구조의 식생활.
그 간단한 시작이 '포코'의 확인이며 '포코'를 줄이는 것이다.

포코를 줄이는 간편한 방법

포코.

만화영화에서 들어봄 직한 귀엽고 친근한 이름이지만,

이 녀석이 줄어들수록 우리의 식탁과 지구는 더 건강해진다.

아직 우리나라에는 도입되지 않아 눈으로 확인할 수 없는

푸드 마일리지. 하지만 계산된 수치를 보지 않고도,

포코를 줄일 수 있는 방법은 다양하다.

1. 국내산 식품으로 식탁을 채운다.

운송거리가 짧아지니 당연히 포코가 줄어든다.

2. 제철식품으로 식탁을 채운다.

그린하우스 재배식품들은 생산과정에서 하우스 가동을 위해 에너지를 소비한다.

따라서 그린하우스 재배식품은 자연산 식품보다 월등히 많은 이산화탄소를 배출하는데

채소는 6.9~17.8배, 포도는 38.7배, 감귤은 55.5배나 더 많다.

3. 육식을 줄인다.

국내산이든 수입산이든 육류 5kg을 생산하기 위해서는, 곡물 수만kg, 화석연료

수천kg을 필요로 하며, 농장사업을 위한 벌목도 환경문제에 심각한 영향을 끼치고 있다.

22
내 생애 가장 친환경적인 일주일

지난 일주일 동안 당신에겐
어떤 일이 있었습니까?

일주일

168 시간
10,080 분
604,800 초

60만 번의 순간 동안
당신은 이 세상을 위해 기꺼이 불편해질 수 있습니까?

내 생애 가장 친환경석인 604,800초

아침, 상쾌한 샤워 그리고 가벼운 식사

휴지 15칸을 끊었다. 이것이 오늘 하루 쓸 수 있는 휴지의 총량이다.
휴지의 원료인 펄프를 생산하기 위해 무분별하게 벌목되는 나무들의
고통, 그리고 산림이 줄어들면서 생긴 기후 변화와 토양 유실 등의
갖가지 환경문제를 생각하면 15칸도 생각보다 많다. 싱거운 도전이
될 것 같다는 건방진 오기마저 살며시 고개를 든다. 천으로 만든
휴지주머니 안에 휴지를 고이 접어넣고, 이제 본격적인 하루 시작.

제니퍼 애니스톤이 하고 있다는 3분 샤워에 도전! 여느 아침 같으면
물이 데워질 때까지 잠시 기다렸다가 물을 맞았겠지만 3분이라는
시간의 압박 때문에 그럴 새가 없다. 심호흡 한번 하고 물줄기 속으로
들어가 재빨리 씻는다. 물론 분해가 어려운 합성세제인 샴푸 대신
미생물로 분해가 가능한 비누로 머리를 감는다. 샴푸처럼 부드러운
거품은 나지 않지만, 이런 아쉬움쯤이야. 2분 47초 만에 샤워 끝!
시간도 절약되고 꽤 괜찮은 방법인 것 같다. 샤워하기 전 욕조에
플러그를 꽂아 계산한 물의 양은 대략 9리터. 평소보다 훨씬 짧은
시간 안에 끝냈는데도 9리터라니, 원래 쓰던 물의 양은 대체
얼마나 된다는 건지.

든든한 하루를 위한 식사. 냉장고를 열기 전에 무얼 꺼낼지 미리
생각한다. 냉장고를 한 번 열 때마다 소모되는 전력에너지 중
상당량은 대기 오염의 주범인 화석에너지로부터 얻어진다. 그리고
문이 열리면서 온도가 올라간 냉장고를 식히기 위한 냉매,
프레온가스. 이 녀석은 오존층 파괴의 주범이다.

시리얼을 물에 타서 먹는다. 젖소 역시 인간과 마찬가지로 출산한 뒤 일정 기간 동안만 우유가 나온다. 하지만 더 많은 우유를 원하는 사람들은 젖소들에게 호르몬을 주입해서 항상 임신중이라는 잘못된 신호를 보낸다. 이렇게 질서가 흐트러진 몸으로 살아가는 젖소들은 본래 수명인 20년의 1/4인 5년도 채 못 살고 죽기 일쑤다. 숱한 생명을 죽음으로 몰아가면서까지 꼭 우유를 먹어야 할까. 우리는 너무 많은 오염을 일으키며 인위적으로 생산된 것들을 먹고산다. 물에 타서 먹는 시리얼도 퍽 고소하다. 정말 배고프다면 이 시리얼도 천국의 맛이겠지. 맛있다. 맛있다. 내 몸에 소중한 양분이다.

출근, 친환경 실천의 갈등 시작

출근. 우리나라도 네덜란드나 스위스처럼 자전거도로와 운행체계가
잘 잡혀 있다면 좋을 텐데… 친환경 때문에 위험 속에 몸을 맡길 순
없어 자전거는 포기하고 지하철로 사무실에 도착했다. 사무실은
빌딩의 맨 꼭대기인 13층에 있다. 1층에서 엘리베이터를 타는 사람이
있으면 함께 탔다가 그 사람이 내리는 층에서 내리고 나머지 층은
걸어올라간다. 하지만 이런 일은 아주 가끔, 평소엔 13층까지 한 계단,
한 계단을 걸어올라간다. 물론 퇴근할 때도 마찬가지로 한 계단,
한 계단 걸어내려온다. 3분이 조금 넘게 걸려 도착한 내 자리.

올해 첫 황사에 눈이 따갑다. 그동안 써왔던 일회용 젓가락과
종이컵을 다 합치면 중국 등지에서 베인 나무는 몇 그루나 될까.
뿌린 대로 거둔다더니 이제 우리는 베어버린 대로 거두는 것이다.
사하라-중동-중국의 고비사막으로 이어진 거대한 사막은 빠른
기세로 그 범위를 넓혀 중국 베이징으로부터 불과 50km 떨어진
곳까지 접근했다고 한다. 50년 전만 해도 그 주변은 모두
초원이었다는데. 사막의 모래는 공업지대를 통과하여 중금속을
잔뜩 품은 채 한국 하늘을 쓸고, 다시 4일에서 6일 이내에 태평양을
건너 미국 콜로라도와 애리조나의 사막까지 간다지.

점심. 채식주의자로 산다는 것

친환경적인 하루의 가장 큰 고비는 바로 점심시간. 나는 오늘 무엇을 먹어야 하나? 우리나라에 소위 '웰빙 바람'이 불기 전에는 채식을 유별나게 자기애를 드러내는 소수들의 까다로운 식성으로만 보았다.

고기를 왜 안 먹어? 유난스럽기는. 다이어트하려고? 고기 안 먹으면 빈혈 생겨, 피부 늘어져. 복잡하게 굴지 말고 골고루 먹어.

채식주의자들을 지레 걱정하며, 또는 별 뜻 없이 하는 조어들은 가히 폭력 수준. 우리나라처럼 종교적으로 특정 음식을 금하는 문화가 거의 없는 사회에서, 특히 세 사람 이상 모였다 하면 고깃집으로 향하는 분위기 속에서, 채식주의자로 살아가는 일은 괴롭다. 도살장의 소나 물 위로 끌어올려진 물고기는 죽음을 앞둔 공포와 스트레스로 온몸에 악성호르몬이 퍼진다. 그리고 그 악성호르몬은 소와 물고기를 먹은 인간에게 신경 불안을 일으킨다. 게다가 1kg의 소고기를 생산하기 위해서는 도살, 포장, 운송, 요리 등의 과정을 전부 합쳐 44,000kcal에 해당하는 화석에너지가 소모된다. 많은 화석에너지를 소비한다는 것은 다시 말해 거대한 오염물질을 배출하고 지구의 온도를 높인다는 것. 또한 사람보다 20배 정도 많이 배출되는 식용동물의 분비물은 현재의 농업방식에서는 딱히 쓰일 곳이 없어 환경을 오염시킬 뿐이다. 그에 반해 채소가 재배되어 밥상에 오르기까지는 그의 10%도 안 되는 에너지가 소모된다.

배가 그다지 고프지 않다. 1인분을 시키면 다 먹지 못하고 남길 것 같다. 한때 어떤 소비단체에서 '곱빼기'가 있는 것처럼 '반배기'를 만들자고 주장했던 기억이 난다. 음식을 푸짐하게 주지 않으면 정이 없다는 우리네 정서는 음식물쓰레기 문제가 심각한 요즘엔 '풍속'이라고 하기에 부끄럽다.

방금 행주로 닦은 식탁의 물기를 휴지로 닦고 다시 한 사람당 한 장씩의 휴지를 깔고 그 위에 수저를 놓는다. 오우, 내 수저 밑에도 휴지가 깔려 있다. 오늘 쓸 15장에서 한 장 삭감해야 한다는 생각이 머리를 스치면서 갑자기, 화장할 때 썼던 면봉이, 지하철의 회수권이, 무심코 까먹은 사탕의 포장지가 떠오른다. 내가 현대인으로서 누리고 살던 소소한 일상의 편리함만큼 자연은 불편, 아니 신음했을 것이라는 생각이 마음을 누른다. 낭비가 일상 속에 완벽하게 흡수되어 잘못되었다고 느끼지도 못하는, 아껴 쓰자고 이야기하면 유난스럽다며 언제까지 그렇게 하는지 보자는 등 핀잔 아닌 핀잔을 듣는 '물질 낭비를 권하는 사회'.

나른한 오후? 일회용 문화와 전기 문명에 눈이 번쩍 뜨이다

오후, 대학생들과의 회의. 대학가에 유행처럼 자리잡고 있는 모임장소 대여 카페에서 사람들을 만났다. 일회용 컵. 던져도 멀쩡할 것 같은 단단한 종이컵을 하나씩 주고, 원하는 음료를 마음껏 마실 수 있게 한다. 갑자기 호기심이 발동해서 이 컵들, 다 쓴 다음엔 어떻게 하냐고 물으니 아르바이트생이 자랑스럽게 재활용한다고 대답한다. 나는 일주일간의 행동수칙 가운데 하나인 '일회용품 쓰지 않기' 때문에 집에 있는 컵을 들고 왔다. 말 그대로 '일회용'이기 때문에 그 제작 수량이 어마어마한 일회용품들은 자연에 반하는 화학공정을 거쳐 만들어지는데다 오래도록 잘 썩지 않아 토양 오염의 주범이 되곤 한다.

작년에 갔던 일본의 어느 식당은 일회용품 사용을 줄이자는 취지에서 자기 젓가락을 들고 오는 손님에게 50엔(약 500원)을 깎아주었다. 이렇게 새로운 대안들을 우리 일상 속에 쏙쏙 심어볼 수 있다면 좋겠다. 카페에서 자기 컵을 들고 오는 사람들에게 약간의 할인을 해주는 것처럼 말이다. 간단하게 컵 한 개를 설거지하는 것과 비교하면 종이컵을 재활용하는 과정에 들어가는 에너지 소모는 지나치게 높다.

회의를 끝내고 사무실로 돌아왔다. 불이 환하게 켜져 있다. 생각해보니 이 불은 아침부터 지금까지 똑같은 밝기로 켜져 있었다. 창문이 커서 햇빛이 그대로 들어오는, 그래서 형광등 불빛이 전혀 필요 없는 창가에도 두 줄의 형광등이 켜져 있다. 평소에 사람들이 잘 다니지 않는 복도나 사람들이 일을 하는 사무실 안이나 불의 밝기는

똑같다. 외근을 나가서 아직 돌아오지 않은 동료의 컴퓨터는 하루 종일
대기화면만 떠 있다.

22:50
별처럼 밝은 서울의 밤

퇴근 뒤 친구를 만나 저녁을 먹고 다시 지하철 입구로 가는 길,
빌딩숲을 바라본다. 별처럼 밝은, 아니 별보다 밝은 빌딩 속의 형광등빛.
그 안에 얼마나 많은 사람들이 일을 하는지는 모르겠지만,
밝디 밝은 밤 10시 50분의 서울.

일주일 치 외로움, 그리고 슬픈 자유

TV에 나오는 산속의 도인들처럼 살 순 없겠지만 도시 속 현대인으로서
나름 '친환경적'으로 산다는 것의 의미를 알고 싶었고, 공허한 구호를
바쁜 일상으로 꽉 채우고 싶었다. 길지 않은 시간, 일주일.
내 일상의 소소한 부분까지 유심히 바라보았고,
편리에 길들여진 습관 하나하나를 확인한 시간이었다.
쉬울 줄 알았고 또 시작하기 전의 예상보다는 쉽기도 했지만,
한편으론 피곤했다.
일상 속에서 환경을 해치는 행동들은 의외로 찾기가 쉬웠다.
아니, 환경을 해치지 않는 행동들을 찾기가 어려울 정도라
니름대로 정한 일주일긴의 행동수칙이 무슨 의미가 있겠나는
생각이 하루에도 몇 번씩 머리를 스쳤다.

건물의 계단을 밟아올라가면서 엘리베이터를 타지 않음으로써
절약되는 에너지를 계산하면서 스스로 유치하다는 생각도 들었지만,
기왕 유치해진 김에 한 가지 상상을 더 했다.

어느 날 빌딩의 엘리베이터가 장기 수리에 들어간다. 모든 사람들은 불평하며 계단을
오르내린다. 그런데 막상 계단을 이용해보니 그리 나쁘지 않다. 오르내리는 동안 하루를
계획하거나 정리해보기도 하고, 앞으로 한동안 가만히 책상 앞에만 앉아 있을 몸을
이리저리 비틀어보기도 한다. 숨이 차는 사람도 있다. 아, 내 몸뚱이가 이렇게
운동 부족이었구나 하는 자각도 하고, 그 다음날은 조금 더 수월하게 올라갈 수 있음에
만족한다. 그러다 엘리베이터 수리가 끝난다.
사람들은 예전보다 훨씬 적게 엘리베이터를 이용할까?

내 생애 가장 친환경적인 일주일.
비누로 감아 수풀처럼 뻗치는 머리카락은 창피했고, 무심코 휴지를
썼다가 15장에서 빼야 하는 것도 난감했다. 내가 하는 행동 하나하나를
환경의 기준으로 판단하고 선택했던 604,800초의 시간들.
버려지는 비닐 포장지, 플라스틱 상자 하나가 절박하게 느껴졌다.

정말 힘들고 슬펐던 것은, 커다란 빌딩 속에서 함께 일하는 수많은
사람들 중에, 이 정도 행동지침을 일주일만이라도 실천하고 있는
사람은 나밖에 없다는 외로움, 약속한 일주일이 빨리 지나가서 어서
편리한 일상으로 돌아가고픈 나태함, 그리고 설령 일주일의 약속을
깨더라도 비난할 사람은 아무도 없다는 슬픈 자유와 마주하는 것.

1
비누로 머리 감고 식초로 린스하기

비누로 머리를 감은 뒤 물이 담긴 대야에 식초 두 숟가락을 넣고 머리를 헹군다.
미생물로 분해될 수 있는 비누의 성분과 달리, 샴푸와 린스는 대부분 고분자 물질이기
때문에 미생물로는 분해되지 않는다. 게다가 샴푸에는 인(P)이 많이 들어 있는데,
우리나라 하수 처리시설은 인을 제거하는 능력이 부족하다. 제대로 제거되지 못한 채
강으로 흘러들어간 인과 질소는 미생물의 양을 급격히 증가시키고, 자연이 감당할 수
없을 만큼 증가한 미생물 때문에 최악의 경우 산소 고갈로 인한 대량 폐사까지
일어날 수 있다.

2
빠르게, 상쾌하게 3분 샤워

세계 인류의 40%가 만성적인 물 부족 국가에 살고 있고, 20%는 깨끗한 식수를
공급받지 못해 고통받고 있다. 우리나라의 1인당 하루 평균 물 소비량은 2007년 말 기준,
395리터. 프랑스 281리터, 영국 323리터, 일본 357리터에 비해 지나치게 많다.
수자원공사는 한 사람이 하루 동안 사용한 395리터의 물 가운데 25%가량은 쓸데없이
낭비되는 것이라고 추정하고 있다.

3
변기 물받이에 벽돌 넣기

벽돌 하나 또는 2리터들이 페트병에 물을 가득 채워서 변기 뒤쪽에 넣자. 이것 역시
물을 절약할 수 있는 간단한 방법. 물은 우리의 신진대사와 위생에 반드시 필요하고,
지구가 스스로 균형을 맞추는 데 가장 중요한 요소이다.

4

하루 동안 휴지 15칸만 쓰기

휴지를 비롯, 우리가 누리는 작은 편리 때문에 세계 곳곳에서 나무들이 마구
베이고 있다. 휴지는 하루에 15칸만. 자기 혼자 보는 문서는 이면지로 프린트하기.
나무를 원료로 하는 물품들을 최대한 아껴보자. 나무는 공기를 깨끗하게 하고,
땅을 튼튼하게 하며, 지구의 온도를 낮춰주는 기특한 친구이다.

5

개인용 컵과 수저 갖고 다니기

어려운 일 같지만 전혀 그렇지 않다. 컵 하나 챙기고, 수저통에 숟가락과 젓가락만
넣으면 된다. 일회용 컵은 잘 썩지 않는 대표적인 고형 쓰레기이다. 또한 내부 코팅은
에폭시수지라는 환경호르몬 검출 물질로 되어 있는데, 이 물질에 열을 가하면
남성의 정자 수 감소와 여성화를 일으키는 비스페놀A가 발생한다. 비스페놀A는
아주 미량일지라도 신경 발달에 문제를 일으킨다는 연구 결과도 발표되었다.
지구의 건강과 나의 건강을 위해 컵과 수저를 챙기자.

6

계단 이용하기 그리고 걷기

인간의 편리를 위해 에너지를 소모하는(따라서 자원을 고갈시키고 환경을 오염시키는)
대표적인 이기, 자동 이동수단. 장애 때문에 스스로 움직일 수 없는 사람들에게는
반드시 필요한 인류의 발명품이지만, 그렇지 않은 사람들에게는 '움직일 수 있는
동물로서의 삶'을 스스로 포기하게 만드는 게으름의 원인일 뿐. 당신 안의 동력을
활용해보자.

7

채식, 그리고 남기지 않기

서로 먹고 먹히는 게 자연의 섭리라지만 현대 문명의 문제는 무지비한 육식!
비정상적으로 많이, 빠르게, 비대하게 길러서 먹기 위해 동물에게 고통을 주고
환경을 오염시키고 어마어마한 화석에너지를 소모하고 있다.
2006년 기준, 우리나라에서 하루에 발생하는 음식물쓰레기의 양은 11,237톤.
1년으로 따지면 약 4,100,000여 톤이다. 거대한 8톤 트럭으로 1,400여 대나 되는 양의
음식물쓰레기가 토양 오염의 주범이 되고 있다. 또한 음식물쓰레기 성분이
늘어간 불이 강과 호수에 방류될 경우, 샴푸와 마찬가지로 인, 질소 등의 유기물 때문에
미생물 들이 급속히 증가하여 산소 고갈로 인한 수중 생태계 교란이 일어날 수 있다.

HEAL The WORLD

힐 더 월드 세상을 치유하는 따뜻한 지식

© 국제아동돕기연합UHIC 2008

1판　1쇄 2008년 12월 12일
1판 30쇄 2024년　5월　1일

지은이 국제아동돕기연합UHIC

기획 서영희 | 책임편집 고경화 오경철
마케팅 정민호 서지화 한민아 이민경 안남영 왕지경 정경주 김수인 김혜원 김하연 김예진
브랜딩 함유지 함근아 고보미 박민재 김희숙 박다솔 조다현 정승민 배진성
저작권 박지영 형소진 최은진 서연주 오서영
제작 강신은 김동욱 이순호 | 제작처 영신사
펴낸곳 (주)문학동네 | 펴낸이 김소영
출판등록 1993년 10월 22일 제2003-000045호
주소 10881 경기도 파주시 회동길 210
전자우편 editor@munhak.com | 대표전화 031) 955-8888 | 팩스 031) 955-8855
문의전화 031) 955-3579(마케팅) 031) 955-1905(편집)
문학동네카페 http://cafe.naver.com/mhdn
인스타그램 @munhakdongne | 트위터 @munhakdongne
북클럽문학동네 http://bookclubmunhak.com

ISBN 978-89-546-0732-2 03810

* 이 책의 판권은 지은이와 문학동네에 있습니다.
　이 책 내용의 전부 또는 일부를 재사용하려면 반드시 양측의 서면 동의를 받아야 합니다.
* 잘못된 책은 구입하신 서점에서 교환해드립니다. 기타 교환 문의: 031) 955-2661, 3580

* 이 책의 인세는 국제아동돕기연합의 구호활동에 쓰입니다.

* 이 책의 기재된 통계 및 수치는 2008년 기준입니다(단, 별도의 표기가 된 경우 해당 연도 기준).

www.munhak.com